NEW TOPIK
新韓檢初級應考祕笈

全書音檔下載導向頁面

http://www.booknews.com.tw/mp3/9789864543557.htm

掃描 QR 碼進入網頁後，按「全書下載請按此」連結，
可一次性下載音檔壓縮檔，或點選檔名線上播放。

iOS系統請升級至 iOS13後再行下載，下載前請先安裝ZIP解壓縮程式或APP，
此為大型檔案，建議使用 Wifi 連線下載，以免占用流量，並確認連線狀況，以利下載順暢。

前言

아무리 좋은 재료와 요리 도구를 가지고 있다고 하더라도 그것을 맛있게 조리하는 방법을 모르면 절대 맛있는 음식은 완성할 수 없을 것입니다. 한국어능력시험(TOPIK)을 준비하는 수험생들은 좋은 점수를 얻고 싶어 하지만, 실제로는 어떻게 시험을 대비해야 하는지는 모르는 경우가 많습니다. 본 책은 수험생들에게 시험의 유형에 익숙해지고 자신의 언어 능력을 발휘할 수 있는 방법, 더 나아가 TOPIK에서 효율적으로 좋은 성과를 올리는 방법을 제시하고 있습니다.

본 책은 TOPIK을 준비하는 외국인 수험생을 위한 종합 학습서입니다. 준비 단계와 유형 분석, 문제 분석과 적용의 단계로 이루어져 있습니다. 수험생들은 준비 단계를 통해 TOPIK에서 필수적으로 나타나는 어휘와 문법을 익힐 수 있습니다. 또한 유형 분석을 통해 시험의 유형을 숙지하고, 직접 기출 문제와 샘플 문제를 통해 문제를 해석하여 올바른 정답을 찾아내는 연습을 하게 됩니다. 마지막으로 실전과 유사한 형태의 연습 문제를 통해 최종 점검을 하도록 구성하였습니다.

본 책에서 나오는 어휘와 문법은 그동안 출제되었던 TOPIK 문제와 국제 통용 한국어교육 표준 모형(국립국어원), 주요 대학의 한국어 교재를 분석한 결과를 바탕으로 하고 있습니다. 또한 읽기와 듣기, 쓰기 문제의 주제와 소재는 그동안의 TOPIK 기출 문제와 다년간의 시험의 흐름을 면밀히 분석하여 선정하였습니다.

또한 본 책은 선생님들이 직접 수업을 하는 것 같은 친절하고 자세한 설명을 제공합니다. 이는 집필진 모두가 한국어 교육 현장에서 TOPIK 관련 프로그램을 운영하거나 교재 집필, TOPIK 문제 출제와 평가를 한 경험이 있는 전문가들이기에 가능한 것이었습니다. 또한 이와 같은 경험은 많은 TOPIK 수험생들이 현장에서 바라고 있는 시험 관련 대비서로서의 요구 사항을 분석하여 본 책에 반영할 수 있는 바탕이 되었습니다.

이 책이 나올 때까지 세심한 부분까지 도와주시고 격려해 주신 모든 분들에게 감사의 말씀을 드립니다. 또한 책을 좀 더 나은 모습으로 구성하고 디자인해 주신 동양북스에도 감사의 인사를 드립니다. 모쪼록 본 책이 TOPIK을 준비하는 수험생들에게 좋은 길잡이 되기를 바라며, TOPIK을 준비하는 모든 수험생들에게 격려와 응원을 보냅니다.

집필진 일동

即使有上等的食材和高級的料理工具，如果不知道烹飪的方法也無法做出美味佳餚。每一位準備參加韓國語文能力測驗（TOPIK）的考生都想要在考試中拿到優異的成績，但有很多人覺得備考無從下手。本教材不僅能夠幫助考生熟悉考試題型，提高自身的語言能力，還會傳授一些在 TOPIK 考試中有效獲得好成績的方法。

本教材是為備考 TOPIK 的外國考生編寫的綜合學習教材。內容分為準備、類型研究、題目解析和應用四個階段。考生可以通過準備階段熟記韓國語文能力測驗中一定會出現的詞彙和語法，然後在題型分析階段熟悉題型，並通過考古題和範例題練習分析題目並找出正確答案。最後，通過實戰練習進行最終的檢驗。

本教材中對詞彙和語法的編錄都是以歷屆 TOPIK 考古題和國際通用韓國語標準模型（國立國語院），以及重點大學的韓國語教材分析結果為基礎。此外，閱讀、聽力和寫作題中的題材和內容都是分析歷年考題以及考試方向發展變化後精心挑選的。

此外，本書提供親切、詳盡的解說，讓考生閱讀起來宛如老師親自授課。教材編著團隊是由韓語一線教師、TOPIK 考試相關機構運營者、教材主編以及曾有 TOPIK 考試出題、評分經驗的專家們構成。而擁有許多 TOPIK 應考經驗的考生們在教學現場表達他們的期許，希望能有一本針對備考編寫的應考書籍，其成果都反映在本教材裡。

教材付梓之際，向一直以來對教材的編寫給予了很大幫助的所有人表示衷心的感謝。此外，還要感謝在圖書內文以及封面設計方面提供很大幫助的 DONGYANG BOOKS。最後，希望本教材能夠成為 TOPIK 應考生的指路燈，與此同時，也替所有的考生加油助威。

作者群

韓國語文能力測驗 TOPIK 介紹

測驗目的

– 為母語非韓國語之韓語學習者、韓國僑民、外國人提供學習方向；並達到普及韓語之效。
– 測試和評量韓語使用能力，並以此為留學韓國或就業的依據。

測驗對象

作為母語非韓語之韓國僑民及外國人

– 韓語學習者及欲留學國內外大學者
– 欲於國內外的韓國企業或公家機關就業者
– 在國外學校上學或是已經畢業的在外韓國國民

成績效期

自成績公布日起兩年有效

測驗成績可運用之處

– 可用於申請韓國政府邀請外國人獎學金及成績管理
– 外國人及已完成 12 年外國教育的海外同胞可用於申請國內大學及研究所
– 欲就業於韓國企業者取得工作簽證的選拔及人事基準
– 外國有照醫生於韓國國內執業的許可
– 取得外國人能參加韓語教員資格檢定的應試資格
– 取得永住權
– 結婚移民者可用於申請簽證

測驗時間表

級數	節次	測驗項目	中國等			日韓			其他國家			作答時間
			入場時間	作答開始	作答結束	入場時間	作答開始	作答結束	入場時間	作答開始	作答結束	
TOPIK I	第 1 節	聽力閱讀	08:30	09:00	10:40	09:20	10:00	11:40	09:00	09:30	11:10	100
TOPIK II	第 1 節	聽力寫作	11:30	12:00	13:50	12:20	13:00	14:50	12:00	12:30	14:20	100
	第 2 節	閱讀	14:10	14:20	15:30	15:10	15:40	16:30	14:40	14:50	16:00	70

※中國等：中國（含香港）、蒙古、台灣、菲律賓、新加坡、汶萊、馬來西亞
※測驗時間以當地時間為準，可同時報考 TOPIK I 跟 TOPIK II
※TOPIK I 只考一節。
※中國 TOPIK II 下午一點開始第一節測驗。

測驗級數及判定

– 測驗級數：TOPIK I、TOPIK II
– 等級判定：六個等級（1～6 級）
  以獲得的總分為判定依據，各等級的分數如下表。

級數	TOPIK I		TOPIK II			
	1 級	2 級	3 級	4 級	5 級	6 級
等級判定	80 分以上	140 分以上	120 分以上	150 分以上	190 分以上	230 分以上

※以 35 回之前的測驗（舊制）為基準，TOPIK I 是初級，TOPIK II 是中、高級水平。

題型

1) 各考試級別的題型組成

級數	節次	測驗項目（時間）	題型	題數	配分	總分
TOPIK I	第 1 節	聽力（40 分鐘）	選擇	30	100	200
	第 2 節	閱讀（60 分鐘）	選擇	40	100	
TOPIK II	第 1 節	聽力（60 分鐘）	選擇	50	100	300
		寫作（50 分鐘）	作文	4	100	
	第 2 節	閱讀（70 分鐘）	選擇	50	100	

2) 題型

– 選擇題（四選一）
– 問答題（寫作）
  · 完成句子（簡答）：2 題
  · 作文：2 題（1 題 200～300 字中級水準、1 題 600～700 字高級水準的論述文）

成績公布及成績單發放

① 確認成績的方法
  登入官網（www.topik.go.kr）後進行確認
  ※ 若要於官網查詢成績，需輸入應考期數、准考證號碼及生日。
  ※ 海外考生也可以透過官網（www.topik.go.kr）確認成績。

② 成績單發放對象
  除了違規舞弊者之外，不論是否通過考試，都會發放成績單。

③ 成績單列印方法
  ※ 請自行上韓國官網列印。

台灣的 TOPIK 資訊

在台灣舉辦的 TOPIK 相關資訊，可至 https://www.topik.com.tw 查詢

本書構成

➤ 第一階段-準備

本階段為播種階段。應戰 TOPIK 之前,首先要培養韓語能力。如果沒有建築材料,即便設計圖再好也沒有辦法蓋房子。同樣,沒有單字和文法方面的實力做基礎是沒有辦法通過 TOPIK 考試的。

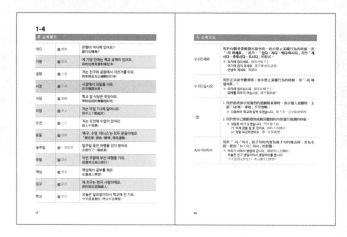

必考單字&文法

作者們分析了 TOPIK 測驗中經常出題的重要基礎單字跟文法、國立國語院編撰之《國際通用韓國與標準模型》中重要的單字、文法以及重點大學教材,精選出今後考試中可能會出現的單字文法。為了讓考生自然掌握句子,本書收錄的考古題、範例題與練習題皆包含必考單字與文法。為了讓大家可以隨身攜帶學習,另製作複習手冊,希望各位可以多加利用。請考生們務必熟記必考單字與文法。

複習手冊

為了方便考生隨時學習,作者們對必考單字和文法部分進行整理,另外製作了複習手冊。除了考 TOPIK 時必須掌握的基礎單字和文法以外,手冊中還收錄了重要的慣用語和俗語。希望考生能夠隨身攜帶,隨時隨地學習。相比用機械式的方法記單字文法,結合例句進行學習的效果會更好。

➤ 第二階段-類型研究

　　本階段讓學習者練習根據脈絡掌握整體框架。解題之前要先掌握題型和結構。如果對試題類型一無所知，即使韓語實力再雄厚，也無法在考試中獲得高分。

題型分析

　　這個部分會對現有考題進行整體解說，並針對每個題型提供具體解法。作者們一一分析 TOPIK 考古題，讓考生可以用最快的速度正確答題。希望大家可以仔細閱讀並加以熟記。書中字體加粗或套色的部分都是重點，希望學習者能多加留意。

➤ 第三階段-題目解析

　　本階段會對每一種考題進行仔細觀察。這邊將一一分析並詳細解說該題目解答為何是正解寫的那個選項。

考古題

　　為了能讓考生全面瞭解考題類型，本教材在第 35~37 回甄選出各個類型的考題進行了歸納總結，達到幫助考生掌握 TOPIK 考試方向的目的。教材中對需要重點掌握的內容進行了標註，並添加具體說明，希望大家多加留意。學習時不要僅僅滿足於找到答案，而應該對題目的題材、詞彙以及語法進行總結複習。

模擬試題

　　本階段幫助考生在做練習題之前，對考題類型再次進行確認。用套色進行標註的部分希望考生能夠重點掌握。模擬試題是以各類型考題中可能出現的題材、單字以及文法所構成，所以務必在解題後對單字和文法進行整理總結。

補充單字

　　這邊會對試題中出現的新單字進行歸納整理。希望考生能夠結合必考單字進行充分學習。

題目解析

　　這個部分在解析考古題跟模擬試題。以題型分析內容為基礎，具體解釋為何哪個選項是正確答案，希望學習者能仔細閱讀並掌握解題技巧。

➤ 第四階段-應用

來！現在準備和分析都結束了。把它當作實戰來解題吧！

實戰練習

　　請活用題型分析、考古題與模擬試題解析學到的內容，將練習題視為實戰演練練習解題。練習題的部分也涵蓋了各種題型中出現的主題、單字跟文法。希望大家不要只是單純解題，而是反覆學習練習題的單字與文法。

答案與解析

　　這個部分是全書各單元練習題的解析。請瀏覽並參考題目解析，釐清答錯的題目為何寫錯，讓自己下次遇到類似的題目時盡可能不再犯錯。

目次

聴力測驗

TOPIK I
한 권이면 OK

考生必讀！

聽力應考 TIP

　　孫子兵法中有曰：「知己知彼百戰百勝」。意思就是說，如果對敵我雙方的情況都非常瞭解，打起仗來就不會有危險。迎戰 TOPIK 考試也是這樣。即便韓語能力再好，如果不瞭解考試結構和考題類型，沒有先對考試進行分析，是很難拿到高分的。所以，希望考生能夠認真閱讀一下內容，再進行解題訓練。

1. 事先掌握考試結構

— 1 級考試中，聽力和閱讀部分需要拿到總分 200 分中的 80 分；2 級考試則需要拿到 140 分才能通過考試。

類別	TOPIKI	
	1 級	2 級
等級	80 分以上	140 分以上

— TOPIKI 的聽力部分共有 30 道題，需要在 40 分鐘之內做完。1 級 14 題，2 級 16 題，難度按照 1 到 30 題的順序逐漸增加。

— 必須取得與自己目標級數相對應的分數。如果目標是一級，至少得專注解前面 14 道題目，然後剩下的題目加減拿點分數。如果目標是二級，那麼理所當然的，大家必須集中注意力解完所有題目。

— 聽力測驗中，聽力內容會從第 1 題到第 30 題按順序播放，考生需要一邊聽內容一邊審題，所以很難像閱讀測驗一樣通過分配時間的方法解題。此外，因為聽力內容不能重複播放，所以一定要集中精力。

2. 事先瞭解聽力內容播放的方法

— 聽力內容會連續播放兩遍。1~6 題沒有「다시 들으십시오」的提示音，而 7~30 題有「다시 들으십시오」的提示音。

— 如果題目給出了〈보기〉的話，要仔細閱讀該部分之後再讀題。

— 1 到 24 題是聽一段聽力內容要回答一道問題，1 到 14 題題與題之間的停頓答題秒數是 15 秒，15 到 24 題的停頓答題秒數是 20 秒。

— 25 到 26 題、27 到 28 題、29 到 30 題，都是聽一段聽力內容要回答兩道問題。這幾題的聽力內容會連續播放兩次，接著播放題目編號。25 到 26 題中間停頓答題的時間是 20 秒，27 到 30 題中間停頓答題的時間是 30 秒。

— 具體形式如下。

[5~6 題] 問題（1~6 題題目形式相同）

叮～咚～		5～6 題	
模擬試題	模擬試題聽力內容	重複聽力內容	答案為（　）
5 題	5 題聽力內容	重複 5 題聽力內容	靜音（15 秒左右）
6 題	6 題聽力內容	重複 6 題聽力內容	靜音（15 秒左右）

[7~10 題] 問題（7 題~14 題題目形式相同）

叮～咚～			7～10 題	
模擬試題	模擬試題聽力內容	請再聽一遍	重複聽力內容	答案為（　）
7 題	7 題聽力內容	請再聽一遍	重複 7 題聽力內容	靜音（15 秒左右）
8 題	8 題聽力內容	請再聽一遍	重複 8 題聽力內容	靜音（15 秒左右）
9, 10 題反覆				

[22~24 題] 問題（15 題~24 題題目形式相同）

叮～咚～			22～24 題	
22 題	22 題聽力內容	請再聽一遍	重複 22 題聽力內容	叮～咚～
23 題	23 題聽力內容	請再聽一遍	重複 23 題聽力內容	靜音（20 秒左右）
24 題	24 題聽力內容	請再聽一遍	重複 24 題聽力內容	靜音（20 秒左右）

[25~26 題] 問題（25 題~30 題題目形式相同）

叮～咚～			25～26 題	
25～26 題聽力內容		請再聽一遍		重複 25～26 題聽力內容
25 題	靜音（20 秒左右）	26 題		靜音（20 秒左右）

* 27～28 題，29～30 題靜音為 35 秒左右

3. 事先掌握題型

— 聆聽聽力內容之前，必須先掌握所有題型。TOPIK 考試每回都會出下列題型。希望每位應考生
　聽的時候都能準確掌握題目在問什麼。詳細解說都收錄在每道試題的〈題型解析〉，請大家仔
　細閱讀。

[1～4] 聽下面內容，參照範例選擇適當的答案。
[5～6] 聽下面內容，參照範例選擇銜接的話。

[7～10] 這是哪裡？參照範例，選出正確答案。

[11～14] 下面這段話的主題是什麼？參照範例，選出正確答案。

[15～16] 聽下面的對話，選出對應的圖片。

[17～21] 聽下面的對話，參照範例選出與對話內容相符的選項。

[22～24] 聽下面的對話，選出女子想要表達的中心思想。

[25～26, 27~28, 29~30] 聽下面內容，回答問題。

— 第一題到第四題，根據考題類型回答「네、아니요」，或是具體回答提問對象的問題。

— 第五、第六題要選出可正確連結情境或功能的慣用表現或對話內容。〈題型解析〉收錄了符合情境或功能的表達方式，請大家務必熟記。

— 第七題到第十四題的題型主要都是聆聽聽力內容，然後從選項中選出與該內容主題相同的單字。因此，大家需要練習找出「영화–극장」、「찍다–사진」、「숙제–교실」等意思相近或主題相同的字彙。

— 第十七題到三十題的題型是聆聽聽力內容，然後從選項中找出正確答案，選項內容會比較長。所以大家最好可以找出選項中反覆出現的單字，先掌握可能出現的對話內容。接著，請仔細聆聽音檔，邊聽具體內容邊找出答案。

4. 事先瞭解問題和選項的內容然後聽內容

— 在開始聽聽力內容之前，最好先通讀問題和 ①②③④四個選項。TOPIK 的聽力內容語速較慢，所以有充分的時間同時閱讀選項內容。但如果聽力內容結束後再閱讀選項，時間就不夠了。

5. 熟悉聲音

— 熟悉配音員的聲音對聽力測驗來說很重要。配音員會根據對話人員的年紀、性別錄製不同聲音。跟韓語能力好不好無關，如果不熟悉配音員的聲音，你會聽不到答案。所以，反覆聆聽音檔熟悉配音員的聲音是非常重要的事。TOPIK 官網上有提供考古題，請務必下載聽力音檔反覆聆聽。

1-4

어디	代 哪裡	은행이 어디에 있어요? 銀行在哪裡?
가방	名 包包	제 가방 안에는 책과 공책이 있어요. 我的包裡有書和筆記本。
공원	名 公園	저는 친구와 공원에서 자전거를 타요. 我和朋友在公園騎自行車。
시장	名 市場	시장에서 과일을 사요. 在市場買水果。
식당	名 餐廳	학교 앞 식당은 맛있어요. 學校前面的餐廳很好吃。
아침	名 早上	저는 아침 7시에 일어나요. 我早上 7 點起床。
오전	名 上午	저는 오전에 수업이 있어요. 我上午有課。
운동	名 運動	'축구, 수영, 테니스'는 모두 운동이에요. 「足球、游泳、網球」都是運動。
일주일	名 一個星期	일주일 동안 여행을 갔다 왔어요. 去旅行了一個星期。
주말	名 週末	이번 주말에 부산 여행을 가요. 這週末去釜山旅行。
책상	名 書桌	책상에서 공부를 해요. 在書桌上學習。
친구	名 朋友	제 친구는 한국 사람이에요. 我的朋友是韓國人。
학교	名 學校	오늘은 일요일이라서 학교에 안 가요. 今天是星期日,所以不去學校。

무슨	冠 什麼	무슨 음식을 좋아해요? 你喜歡什麼食物?
아주	副 非常	제 동생은 공부를 아주 잘해요. 我弟弟（妹妹）很會念書。
얼마나	副 多少、多久	한국어를 얼마나 공부했어요? 你學韓語多久了？
가다	動 去	저는 매일 학교에 가요. 我每天去學校。
공부하다	動 學習	저는 한국어를 열심히 공부해요. 我努力學習韓語。
좋아하다	動 喜歡	저는 축구를 좋아해요. 我喜歡足球。
마시다	動 喝	운동을 한 후에 물을 마셔요. 運動完之後喝水。
만나다	動 見面	학교 앞에서 친구하고 만날 거예요. 我會在學校門口和朋友見面。
먹다	動 吃	아침에 밥을 먹었어요. 我早上吃飯了。
배우다	動 學	저는 한국에서 한국어를 배워요. 我在韓國學韓語。
사다	動 買	시장에서 사과를 사요. 在市場買蘋果。
여행하다	動 旅行	주말에 제주도를 여행했어요. 我週末去濟州島旅行了。
많다	形 多	공항에 사람이 많아요. 機場人很多。

맛없다	形 不好吃、 不好喝	음식이 맛없어서 조금만 먹었어요. 因為食物不好吃，所以我只吃了一點。
맛있다	形 好吃、好喝	음식이 맛있어서 많이 먹었어요. 因為食物很好吃，所以我吃了很多。
비싸다	形 貴	사과 값이 비싸요. 蘋果價錢很貴。
싸다	形 便宜	학교 식당은 음식이 싸요. 學校餐廳的餐點很便宜。
예쁘다	形 漂亮	꽃이 예뻐요. 花很漂亮。
작다	形 小	동생은 손이 작아요. 弟弟（妹妹）的手很小。
크다	形 大	수박은 사과보다 커요. 西瓜比蘋果大。
어제	名 / 副 昨天	어제는 토요일이고 오늘은 일요일이에요. 昨天是星期六，今天是星期日。

🌱 必考文法

V-고 있다	1. 表示現在正在進行的動作。 例 저는 지금 밥을 먹고 있습니다. 我正在吃飯。 2. 與「입다、신다、쓰다」、「타다、만나다」等動詞一起使用時，表示現在正在進行的動作，也可以用於表示動作結束之後持續保持的狀態。 例 선생님은 하얀색 옷을 입고 있어요.(옷을 입고 있는 중) 　老師穿著白色的衣服。(正穿著衣服) 　선생님은 하얀색 옷을 입고 있어요.(옷을 입은 상태) 　老師穿著白色的衣服。(穿著衣服的狀態) 　저는 택시를 타고 있어요.(택시를 타는 중) 　我正在搭計乘車。(正在上車) 　저는 택시를 타고 있어요.(택시를 탄 상태) 　我正在搭計乘車。(坐在車上的狀態)
N에서	1. 表示某個動作發生的場所。 例 저는 커피숍에서 커피를 마십니다. 我咖啡廳喝咖啡。 2. 表示某件事開始的地方。 例 집에서 학교까지 가깝습니다. 我家離學校很近。
-았/었-	表示過去的事。 例 어제 밤에 비빔밥을 먹었습니다. 我昨天晚上吃了拌飯。

1-4

　　這個題型要聽音檔並選出正確答案。問題不長，很簡單，使用到的文法跟單字都只有一級的程度，只要掌握問題的核心就能輕鬆解題。1、2 題要聽沒有疑問詞的題目，然後用「네／아니요」來回答。3、4 題要聽有疑問詞的題目，然後選出「說明性的回答」。1、2 題的配分是一題 4 分；3、4 題的配分是一題 3 分。不過考題的難易度差別不大，大家可以不用在乎兩種題型的配分差異。

1~2　用「네/아니요」回答問題 (沒有疑問詞的題目)

　　這個題型要聽「沒有疑問詞」的題目，然後從以「네」或「아니요」開頭的回答中選出正確選項。選項①、②通常會提供「네」開頭的肯定回答；選項③、④則會提供「아니요」開頭的否定回答。

　　這邊會看到的題型，一種是跟名詞相結合的題目，如「N예요 / 이에요？」、「이 / 가 있어요？」另一種則會用到初級一級程度簡單的形容詞或動詞。時制皆為現在時制。跟名詞相結合的題型中，若回答「네」，後面通常會接「N예요 / 이에요.」、「이 / 가 있어요.」這種跟問句型態一樣的答句。若回答「아니요」，後面通常會接「N이 / 가 아니에요.」、「N이 / 가 없어요」。

　　使用形容詞或動詞的題型中，若回答為「네」，答句會出現題目中使用的形容詞、動詞或相似單字；若回答為「아니요」，答句會出現與題目相反的字彙或否定句「-지 않다、안　A / V」。

	肯定回答	否定回答
與名詞結合	네, N예요/이에요. 네, N이/가 있어요.	아니요, N이/가 아니에요. 아니요, N이/가 없어요.
與動詞/形容詞結合	네, A/V-아/어요.	아니요 A/V(반대어)-아/어요. 아니요, A/V(반대어)-지 않아요.

3~4　選擇「說明性的回答」 (有疑問詞的題目)

　　這個題型要聽「有疑問詞」的題目，然後從選項中選出針對疑問詞提出具體說明的回答。不只會有現在時制，也會出現過去時制-았／었-、現在進行時制-고 있다跟未來時制- (으) ㄹ 거예요。此外，也有可能會出現使用「무엇 (뭐)、누구、어디、언제」或「 (單位名詞)、무슨、얼마나、어때요」等疑問詞的延伸題型。

01.mp3

🔍 題目分析

考古題

※[1~4] 다음을 듣고 〈보기〉와 같이 물음에 맞는 대답을 고르십시오.

1 4점 疑問詞×

여자: 공책이에요?

남자: _____

① 네, 공책이에요.　　② 네, 공책이 없어요.
③ 아니요, 공책이 싸요.　④ 아니요, 공책이 커요.

2 4점 疑問詞×

남자: 사과가 싸요?

여자: _____

① 네, 사과가 작아요.　② 네, 사과가 있어요.
③ 아니요, 사과가 비싸요.　④ 아니요, 사과가 아니에
　　　　　　　　　　　　　요.

〈TOPIK 36회 듣기 [1]〉
• 공책 練習本、筆記本
• 없다 沒有

1
分析內容
本題在問「是不是筆記本?」如果回答「네」，後面要接「공책이에요」。如果回答「아니요」，後面要接「공책이 아니에요.」因此正確答案為①。

〈TOPIK 37회 듣기 [2]〉
• 사과 蘋果
• 있다 有

2
分析內容
本題在問「蘋果是否便宜?」如果回答「네」，後面接跟題目一樣的句子，用「사과가 싸요.」來回答即可。如果回答「아니요」，後面可以接「사과가 안 싸요.」、「사과가 비싸요.」因此正確答案為③。

3 `3점` 疑問詞 ○

> 남자: 뭐 살 거예요? 疑問詞
>
> 여자: _____

① 두 개 살 거예요. 幾個 ② 지갑을 살 거예요. 什麼
③ 주말에 살 거예요. 何時 ④ 시장에서 살 거예요. 哪裡

4 `3점` 疑問詞 ○

> 남자: 무슨 운동을 배우고 있어요?
>
> 여자: _____

① 아침에 배워요. 何時   ② 수영을 배워요. 什麼運動
③ 친구한테 배워요. 誰   ④ 운동장에서 배워요. 哪裡

〈TOPIK 36회 듣기 [3]〉
• 뭐(무엇) 什麼
• 두(둘) 二
• 개 個
• 지갑 錢包

3
分析內容
本題在問「要買什麼？」
因為要回答「무엇 (뭐)」
開頭的問句，所以回答必
須要有類似「지갑」這樣
明確的物品。因此正確
答案為②。

〈TOPIK 37회 듣기 [4]〉
• 수영 游泳
• 운동장 運動場、操場

4
分析內容
本題問「在學什麼運
動？」因為是問「什麼」
運動，所以回答必須要有
類似「수영」這樣明確的
運動項目。因此正確答案
為②。

模擬試題

※[1~4] 다음을 듣고 <보기>와 같이 물음에 맞는 대답을 고르십시오.

1 4점

> 여자: 볼펜이 있어요?
> 남자: _____

① 네, 볼펜이에요.
② 네, 볼펜이 아니에요.
③ 아니요, 볼펜이 없어요.
④ 아니요, 볼펜이 많아요.

- 볼펜 原子筆

1
分析內容
本題問在「有沒有原子筆?」。如果回答「네」,後面可以接「볼펜이 있어요.」、「볼펜이 많아요.」。如果回答「아니요」,後面可以接「볼펜이 없어요.」因此正確答案為③。

2 4점

> 남자: 친구가 많아요?
> 여자: _____

① 네, 친구예요.
② 네, 친구를 만나요.
③ 아니요, 친구가 적어요.
④ 아니요, 친구를 좋아해요.

- 적다 少

2
分析內容
本題在問「你有很多朋友嗎?」如果回答「네」,後面可以接「친구가 많아요.」如果回答「아니요」,後面可以接「친구가 적어요.」、「친구가 없어요.」聽的時候請務必留意「많아요」跟「만나요」的發音。正確答案為③。

3 [3점]

> 남자: 어제 (어디)에 있었어요?
> 여자: _____

① 책상이 있었어요.　　② 공원에 있었어요.
③ 주말에 있었어요.　　④ 동생하고 있었어요.

4 [3점]

> 남자: 이 학교에서 (얼마나) 공부했어요?
> 여자: _____

① 6개월 공부했어요.　　② 오전에 공부했어요.
③ 친구하고 공부했어요.　④ 도서관에서 공부했어요.

• 동생　弟弟、妹妹

③
分析內容
本題在問「你昨天在哪裡?」因為問的是「哪裡」，所以回答必須選擇類似「公園」這樣明確的場所。所以正確答案為②。

• 개월　個月
• 도서관　圖書館

④
分析內容
本題在問「你在這間學校上學上了多久?」因為「多久」問的是「在這所學校上學的時間」所以回答只要選擇類似「6 개월」這樣有表示「期間」的選項即可。所以正確答案為①。

1-4

03.mp3

🖰 **實戰練習**

※ [1~4] 다음을 듣고 <보기>와 같이 물음에 맞는 대답을 고르십시오.

1 `4점`
① 네, 가방이 있어요.　　　　　② 네, 가방이 없어요.
③ 아니요, 가방이 예뻐요.　　　④ 아니요, 가방이 아니에요.

2 `4점`
① 네, 커피가 많아요.　　　　　② 네, 커피를 마셔요.
③ 아니요, 커피가 맛있어요.　　④ 아니요, 커피가 맛없어요.

3 `3점`
① 주말에 여행할 거예요.　　　② 부산을 여행할 거예요.
③ 일주일 여행할 거예요.　　　④ 두 사람이 여행할 거예요.

4 `3점`
① 식당에 가요.　　　　　　　② 아주 맛있어요.
③ 친구가 먹었어요.　　　　　④ 음식이 있어요.

※解答・解析・翻譯見 P.94

이거(이것) 這個	커피 咖啡	몇 幾	명 名	부산 釜山	어떻다 怎麼樣
음식 食物					

5-6

다음	名 下一個	이번 주말은 바쁘니까 다음 주말에 만나요. 這周很忙，所以下周再見面。
연락	名 聯繫	부모님께 전화로 연락을 해요. 我用電話跟父母聯繫。
요즘	名 最近	요즘 저는 한국어를 배워요. 我最近在學韓語。
전화	名 電話	친구에게 전화를 해요. 打電話給朋友。
집	名 家	내일은 집에서 쉴 거예요. 我明天會在家休息。
처음	名 第一次	우리는 한국에서 처음 만났어요. 我們是在韓國第一次見面的。
너무	副 非常	밥을 많이 먹어서 배가 너무 불러요. 我吃了很多飯，所以很飽。
다시	副 重新	제주도는 정말 아름다워요. 내년에 다시 가고 싶어요. 濟州島真的很美。我想明年再去一次。
또	副 再、又	어제 입은 옷을 오늘 또 입어요. 我今天又穿了昨天穿的衣服。
도와주다	動 給予幫助	친구가 이사를 해서 제가 친구를 도와줬어요. 朋友搬家，我幫助了他。
들어오다	動 進來	동생이 제 방에 들어와요. 弟弟進來我的房間。
받다	動 接、接受	친구의 전화를 제가 받았어요. 我接了朋友的電話。
부탁하다	動 拜託、請求	친구에게 도움을 부탁해요. 我拜託朋友幫助我。

알다	知道、認識	저는 민수 씨를 알아요. 我認識民秀。
오다	來	친구가 우리 집에 와요. 朋友來我家。
축하하다	祝賀、恭喜	결혼을 축하해요. 恭喜你結婚。
고맙다	謝謝、感謝	도와줘서 고마워요. 謝謝你幫助我。
괜찮다	沒關係	가: 늦게 와서 미안해요. / 나: 괜찮아요. 가: 很抱歉我來晚了。/ 나: 沒關係。
미안하다	對不起、抱歉	전화를 못 받아서 미안해요. 對不起，我沒有接到電話。
바쁘다	忙碌	할 일이 많아서 바빠요. 有很多事要做，很忙。
반갑다	高興、榮幸	만나서 반가워요. 很高興見到你。
죄송하다	對不起、抱歉	약속 시간에 늦어서 죄송해요. 對不起，我約會遲到了。
감사하다	謝謝、感謝	도와주셔서 감사해요. 謝謝你幫助我。

V-(으)세요	用於向聽者委婉發出指令時。表示禁止某種行為的時候，用「**-지 마세요**」。此外，「**있다、자다、먹다/마시다**」用作「**계시다、주무시다、드시다**」的形式。 예 의자에 앉으세요. 請坐在椅子上。 여기에 앉지 마세요. 請不要坐在這裡。 안녕히 계세요. 請留步。
V-(으)십시오	用於正式命令聽者時。表示禁止某種行為的時候，用「**-지 마십시오**」。 예 의자에 앉으십시오. 請坐在椅子上。 담배를 피우지 마십시오. 請不要抽菸。
-겠-	1. 用於話者表示有強烈的意願做某事時。表示個人意願時，主語「**나(저)、우리**」不可省略。 예 다음부터 학교에 일찍 오겠습니다. 我下次一定早點來學校。 2. 用於對自己親眼看到或親耳聽到的內容進行推測的時候。 예 내일은 비가 오겠습니다. 明天會下雨。 가: 어제 잠을 잘 못 잤어요. 我昨天沒睡好。 나: 정말 피곤하겠어요. 那一定很累吧。
A/V-아/어서	用於「**-아／어서**」前子句的內容為後子句的理由時。若為名詞，使用「**N（이）라서**」的形態。 예 머리가 아파서 병원에 갑니다. 頭痛所以去醫院。 오늘은 친구 생일이라서 생일파티를 합니다. 今天是朋友的生日，所以開生日派對。

5-6

📖 題型分析

`5~6` 選出適合接話的選項

這個題型要選出常用問候語，或是最適合用來接話的選項。除了「見面與道別」、「致謝與致歉」等基本問候語，還有可能會考「電話、拜訪」等日常生活常用慣用表現，或是「問候、請求、祝賀」等日常生活典型對話。第 5 題的配分是 4 分，第 6 題的配分是 3 分。不過這兩題的難易度差別不大，可以不用太在意他的配分差異。

以下是日常生活中常用的問候語，請考生務必熟記。

情境/功能	相關表現
見面	안녕하세요, 처음 뵙겠습니다, 잘 부탁드립니다, 오랜만이에요/오랜만입니다, 만나서 반가워요/반갑습니다
問候	잘 지냈어요?/지냈습니까?, 잘 지냈어요/지냈습니다
道別	다음에 또 오세요/오십시오, 안녕히 계세요/계십시오, 잘 가요/안녕히 가세요, 주말 잘 보내세요, 다음 주에 뵙겠습니다
致謝	고마워요, 감사합니다, 〈回答〉 별말씀을요, 아니에요
致歉	미안해요/미안합니다, 죄송해요/죄송합니다, 〈回答〉 괜찮아요, 별말씀을요, 아니에요
祝賀 (結婚、生日等)	축하해요/축하합니다, 고마워요/고맙습니다
幫助/求助	도와 드리겠습니다, 부탁이 있는데요, 말씀하세요
拜訪	실례합니다, 들어오세요
餐廳	어서 오세요/오십시오, 메뉴 좀 보여 주세요, 여기 있습니다
用餐	맛있게 드세요, 잘 먹겠습니다, 맛있게 먹었습니다
電話	여보세요, 잠깐만 기다리세요, 전화 바꿨습니다, 말씀 좀 전해 주세요, 〈回答〉 네, 그런데요
旅行/休假	잘 다녀오세요

5-6

04.mp3

考古題

※[5~6] 다음을 듣고 <보기>와 같이 이어지는 말을 고르십시오.

5 [4점] 見面

> 여자: 처음 뵙겠습니다.
>
> 남자: _____

① 미안합니다. ② 감사합니다.
③ 안녕히 가십시오. ④ 만나서 반갑습니다.

<TOPIK 36회 듣기 [5]>
• 뵈다/뵙다
  見面（尊待語）
• 안녕히 好好地、安好地

5
分析內容
本題描述兩人初次見面的情形。在這種情境下，會使用「처음 뵙겠습니다.」、「만나서 반갑습니다.」等問候語。因此正確答案為④。

6 [3점] 電話

> 남자: 여보세요, 거기 김수미 씨 집이지요?
>
> 여자: _____

① 네, 그런데요. ② 네, 알겠습니다.
③ 네, 여기 있어요. ④ 네, 들어오세요.

<TOPIK 37회 듣기 [6]>
• 여보세요 喂?

6
分析內容
本題描述兩人通話的情形。男子打電話，並跟對方確認是否為金美秀的家。適合的回答方式有「네, 그런데요.」、「네, 맞습니다.」等。因此正確答案為①。

05.mp3

※ [5~6] 다음을 듣고 <보기>와 같이 이어지는 말을 고르십시오.

5 4점

> 여자: 다음에 또 뵙겠습니다.
> 남자: _____

① 괜찮습니다. ② 반갑습니다.
③ 어서 오십시오. ④ 안녕히 가십시오.

6 3점

> 남자: 미안해요. 요즘 너무 바빠서 연락을 못 했어요.
> 여자: _____

① 죄송해요. ② 고마워요.
③ 괜찮아요. ④ 축하해요.

• 어서 快點、趕緊

5
分析內容
本題描述兩人道別的情境。這種情形會使用「안녕히 계세요/계십시오.」、「안녕히 가세요/가십시오」等問候語。因此正確答案為④。

6
分析內容
本題描述男子因最近無法與對方聯繫，正在向女子致歉。女子聽到道歉後可以使用的表現有「괜찮아요.」、「별말씀을요.」等。因此正確答案為③。

5-6

06.mp3

🖰 實戰練習

※ [5~6] 다음을 듣고 <보기>와 같이 이어지는 말을 고르십시오.

5 4점

① 부탁해요.   ② 아니에요.

③ 미안해요.   ④ 축하해요.

6 3점

① 네, 잠깐만요.   ② 네, 반가워요.

③ 네, 어서 오세요.   ④ 네, 다시 걸겠습니다.

※解答・解析・翻譯見 P.94

걸다 打 (電話)	잠깐만 稍等			

7-10

🖉 必考單字

우리	代 我們	우리 네 명은 한국대학교 학생이에요. 我們四個人是韓國大學的學生。
낮	名 白天	저는 낮에 한국어를 배우고 저녁에 아르바이트를 해요. 我白天學韓語，晚上打工。
비행기	名 飛機	비행기를 타고 여행을 가요. 坐飛機去旅行。
시간	名 時間	시간을 몰라서 시계를 봐요. 因為不知道時間，所以看手錶。
얼마	名 多少錢、 多少	사과 하나에 얼마예요? 蘋果一顆多少錢？
음식	名 食物、餐點	저는 한국 음식을 좋아해요. 我喜歡韓國食物（韓國料理）。
의사	名 醫師	의사는 병원에서 일해요. 醫師在醫院工作。
책	名 書	도서관에서 책을 읽어요. 在圖書館讀書。
편지	名 信	부모님께 편지를 써요. 寫信給父母。
표	名 票	기차 표 한 장 주세요. 請給我一張火車票。
다른	冠 其他	저는 사과만 좋아해요. 다른 과일은 좋아하지 않아요. 我只喜歡蘋果，不喜歡其他水果。
꼭	副 一定	내일 시험이 아침 9시니까 꼭 9시 전에 와야 해요. 明天早上 9 點考試，所以 9 點之前一定要來。

많이	副 多	밥을 많이 먹어서 배가 불러요. 吃了很多飯，所以很飽。
빨리	副 快	바빠서 밥을 빨리 먹었어요. 因為很忙，所以吃飯吃很快。
아직	副 還、尚未	밤 10시인데 아직 회사에서 일해요. 已經晚上 10 點了，還在公司工作。
가져오다	動 帶來	저는 수업 시간에 사전을 가져와요. 我上課的時候帶字典。
나가다	動 出去	아버지는 매일 아침 7시에 집에서 나가요. 爸爸每天早上 7 點出門。
나오다	動 出來	오늘 아침 9시 집에서 나왔어요. 我今天早上 9 點從家裡出來的。
도착하다	動 到達	이 버스를 타면 30분 후에 도착해요. 如果坐這班公車，30 分鐘就到了。
드리다	動 給（尊待語）	오늘은 어머니 생신이라서 어머니께 선물을 드릴 거예요. 今天是母親的壽辰，所以送禮物給她。
바꾸다	動 換	옷이 작아서 큰 옷으로 바꿨어요. 衣服有點小，所以換成大件的。
보내다	動 寄	고향에 계신 부모님께 편지를 보냈어요. 我寄信給在家鄉的父母。
시작하다	動 開始	한국어 수업은 9시에 시작해요. 韓語課 9 點開始。
찾다	動 尋找	잃어버린 지갑을 찾았어요. 我找到丟失的錢包。
타다	動 乘坐、騎	지하철을 타고 학교에 가요. 我坐地鐵去學校。
맵다	形 辣	한국의 김치는 맛있지만 매워요. 韓國辛奇很好吃，但是很辣。

무섭다	形 害怕	밤에 혼자 집에 있으면 무서워요. 晚上自己在家很害怕。
아프다	形 疼、痛	배가 아파서 병원에 가요. 肚子痛所以去醫院。
재미있다	形 有趣	생일 파티가 정말 재미있었어요. 生日派對真的很有趣。
좋다	形 好	운동이 건강에 좋아요. 運動有益健康。
짧다	形 短	저는 짧은 치마를 좋아해요. 我喜歡短裙。
언제	代 / 副 什麼時候	민수 씨, 언제 학교에 가요? 民秀，你什麼時候去學校？
내일	名 / 副 明天	오늘은 금요일이고 내일은 토요일이에요. 今天是星期五，明天是星期六。
먼저	名 / 副 先	밥을 먹기 전에 먼저 손을 씻어요. 吃飯前先洗手。
지금	名 / 副 現在	지금 저는 한국어를 공부하고 있어요. 我現在正在學習韓語。

A-(으)ㄴ	用於以「A-(으)ㄴ + N(名詞)」的形態修飾後面的名詞時。「있다, 없다」用作「-는」的形態。
	예 예쁜 옷을 샀습니다. 我買了漂亮的衣服。
	맛있는 음식을 먹었습니다. 我吃了好吃的食物。
V-(으)ㅂ시다	用於向聽者發出一起做某事的邀請時。
	예 오늘 시간 있으면 우리 같이 운동합시다.
	今天有時間的話,我們一起去運動吧。
V-(으)ㄹ까요?	1. 用於詢問聽者是否願意一起做某事。
	예 가: 같이 식당에 갈까요? 一起去餐廳怎麼樣?
	나: 네, 좋아요. 같이 갑시다. 是,好的。一起去吧。
	2. 用於詢問對方對自己的提議有什麼看法時。
	예 창문을 닫을까요? 把窗戶關上怎麼樣?
A/V-(으)니까	用於「-(으)니까」前面的內容是「-(으)니까」後面內容的理由時。如果是名詞接「-(으)니까」,用作「N(이)니까」。「-(으)니까」後面的內容主要會接表命令的「-(으)십시오、-(으)세요」或表勸誘的「-(으)ㅂ시다、-(으)ㄹ까요?」
	예 비가 오니까 우산을 가져가세요. 下雨了,帶上傘吧。
	내일은 주말이니까 같이 놀러 갑시다.
	明天是週末,我們一起去玩吧。

7-10

📖 題型分析

7~10 選出與對話內容相符的場所

　　這個題型要聆聽對話內容，然後選出與對話內容相符的場所。對話場所通常會是日常生活裡容易接觸的地點如「劇場、市場、餐廳、醫院」等。考生必須熟知各場所經常使用的單字跟文法，解題才會輕鬆。跟文法相比，理解和場所有關的特定單字、表現也有助於找到答案。第 7 題到第 9 題的配分是每題 3 分，只有第 10 題的配分是 4 分。第 10 題的文法會比較難一點，題目的句子也會比較長，不過這不會對解題造成太大的影響。只要能像前面幾道題目一樣掌握關鍵字彙與文法，就有辦法解題。

　　以下是依照場所類別分類的單字與表現，出題頻率高，請務必熟記。

主題	場所	單字與表現
日常生活	家	방, 크다, 깨끗하다
	公司/辦公室	회의, 일하다, 바쁘다
	書店	책, 몇 권, 사다
	餐廳	밥, 김치(음식 이름), 먹다, 더 주세요
	相館	사진, 찍다
	咖啡廳	손님, 몇 잔, 마시다
	美容院	짧은 머리, 짧게 자르다
	服飾店	바지, 치마, 원피스, 티셔츠
	劇場/電影院	영화, 표
	醫院/藥局	약, 목, 배, 다리, 머리, 감기, 아프다, 열이 나다
旅行	機場	비행기 표, 도착하다
	酒店	손님, 열쇠, 아침 식사, 몇 호, 며칠 동안
	旅行社	표, 예약, 비행기
行政機關	銀行	돈, 통장, 찾다, 바꾸다
	圖書館	책, 몇 권, 빌리다
	美術館	그림, 그리다, 유명하다
	博物館	옛날 물건/그림
	郵局	편지, 보내다, 도착하다

놀이/휴식 休閒娛樂	公園	산책하다, 자전거를 타다
	運動場	축구를 하다, 배드민턴을 치다(운동 이름 + 동사)
	遊樂場	놀이기구, 타다, 재미있다
학교생활 學校生活	文具店	볼펜, 지우개, 공책
	教室/學校	선생님, 질문, 수업

07.mp3

題目分析

考古題

※[7~10] 여기는 어디입니까? <보기>와 같이 알맞은 것을 고르십시오.

7 3점

> 남자: 빨리 오세요. 영화가 곧 시작해요.
> 여자: 네, 지금 가요.

① 극장   ② 서점   ③ 약국   ④ 시장

8 3점

> 남자: (의사의 말투로) 어디가 안 좋으세요?
> 여자: 어제부터 머리가 아프고 열도 많이 나요.

① 식당   ② 회사   ③ 은행   ④ 병원

<TOPIK 41회 듣기 [7]>
• 곧　馬上
• 극장　劇場
• 서점　書店
• 약국　藥局
• 시장　市場

7
分析內容
本題在描述為了看電影不遲到，兩人急急忙忙的場景。透過「영화」這個單字，可以推測出場所是「극장（영화관）」，因此正確答案為①。

<TOPIK 37회 듣기 [9]>
• 어제　昨天
• 머리　頭、頭髮
• 열이 나다　發燒
• 식당　餐廳
• 회사　公司
• 은행　銀行
• 병원　醫院

8
分析內容
病患（女子）正在跟醫生（男子）描述疾病的症狀。透過「머리가 아프다」、「열이 나다」等單字可推測出場所是「병원」，因此正確答案為④。

9 3점

> 남자: 어떻게 해 드릴까요?
> 여자: 짧은 머리로 해 주세요.

① 세탁소　② 우체국　③ 미용실　④ 편의점

〈TOPIK 41회 듣기 [9]〉
- 어떻게　怎麼樣（通過什麼樣的方式）
- 머리　頭髮
- 세탁소　乾洗店
- 우체국　郵局
- 미용실　美容院
- 편의점　便利商店

9
分析內容
客人（女子）來美容院剪頭髮。透過「짧은 머리」這個單字，可以推測出場所是「미용실」，因此正確答案為③。

10 4점

> 남자: 2시간 전에 도착했는데 제 가방이 아직 안 나와요.
> 여자: 그래요? 비행기 표 좀 보여 주세요.

① 가게　　② 공항　　③ 우체국　　④ 여행사

〈TOPIK 37회 듣기 [10]〉
- 전　……之前
- 가방　包包、書包
- 아직　還（沒）
- 보이다(使動)　出示
- 가게　店鋪
- 공항　機場
- 우체국　郵局
- 여행사　旅行社

10
分析內容
男子在機場等不到自己的行李，因此詢問女職員這件事。透過「도착하다」、「비행기 표」、「가방이 안 나오다」這些單字，可以推測出場所是「공항」。因此正確答案為②。

08.mp3

模擬試題

※[7~10] 여기는 어디입니까? <보기>와 같이 알맞은 것을 고르십시오.

7 `3점`

> 여자: 이 모자 다른 색 있어요?
> 남자: 네, 이건 어떠세요?

① 식당　　② 가게　　③ 서점　　④ 미용실

- 모자 帽子
- 색 顏色
- 가게 店鋪
- 서점 書店

7
分析內容
客人（女子）正在詢問店員（男子）是否有其他顏色的帽子。透過「다른 색 모자」、「N（이／가）있어요?」等表現可推測出場所是「가게」，因此正確答案為②。

8 `3점`

> 여자: 내일 몇 시까지 방에서 나가야 해요?
> 남자: 낮 12시까지입니다. 나가실 때는 열쇠를 꼭 가져오세요.

① 호텔　　② 병원　　③ 공항　　④ 빵집

- 방 房間
- 까지 到……
- 열쇠 鑰匙
- 호텔 酒店
- 빵집 麵包店

8
分析內容
客人（女子）正在詢問員工（男子）她幾點之前必須退房。透過「방에서 나가다」、「열쇠」等表現可推測出場所是「호텔」，因此正確答案為①。

9 3점

> 남자: 편지가 언제까지 <u>도착할까요</u>?
> 여자: 지금 보내시면 금요일에는 도착할 거예요.

① 여행사　② 우체국　③ 기차역　④ 박물관

10 4점

> 여자: 우리 김치찌개를 먹을까요?
> 남자: 저는 매운 음식을 못 먹으니까 다른 걸 먹읍시다.

① 식당　　② 시장　　③ 편의점　　④ 커피숍

- 금요일　星期五
- 여행사　旅行社
- 우체국　郵局
- 기차역　火車站
- 박물관　博物館

9
分析內容
客人（男子）正在詢問員工（女子）他的信什麼時候會到。透過「편지」、「조착하다」等表現可推測出場所是「우체국」，因此正確答案為②。

- 김치찌개　辛奇鍋
- 편의점　便利商店
- 커피숍　咖啡廳

10
分析內容
女子跟男子正在餐廳點餐。透過「김치찌개」、「매운 음식」、「먹다」等表現可推測出場所是「식당」，因此正確答案為①。

09.mp3

實戰練習

※[7~10] 여기는 어디입니까? 〈보기〉와 같이 알맞은 것을 고르십시오.

---

7 `3점`
   ① 서점　　　② 학교　　　③ 도서관　　　④ 백화점

8 `3점`
   ① 식당　　　② 은행　　　③ 여행사　　　④ 옷가게

9 `3점`
   ① 도서관　　　② 백화점　　　③ 문구점　　　④ 우체국

10 `4점`
   ① 박물관　　　② 영화관　　　③ 지하철역　　　④ 놀이공원

※解答‧解析‧翻譯見 P.94

맞다 正確	서점 書店	학교 學校	도서관 圖書館	백화점 百貨公司	돈 錢
한국 韓國	좀 一點	얼마나 多麼	식당 餐廳、食堂	은행 銀行	여행사 旅行社
옷가게 服飾店	공책 筆記本	저쪽 那邊	문구점 文具店	우체국 郵局	이거(이것) 這個
박물관 博物館	영화관 電影院	지하철역 地鐵站	놀이공원 遊樂場		

11-14

가족	图 家、家庭	우리 가족은 아버지, 어머니, 저, 동생 4명이에요. 我家有爸爸、媽媽、我和弟弟四個人。
건강	图 健康	이 음식은 건강에 좋으니까 많이 드세요. 這種食物有益健康，請多吃一點。
계획	图 計劃	방학에 여행을 하고 싶어서 요즘 계획을 세우고 있어요. 放假的時候我想去旅行，所以最近正在計劃。
고향	图 故鄉、 老家	저는 방학 때 고향에 돌아가요. 我放假的時候會回老家。
기분	图 心情	시험을 잘 못 봐서 기분이 안 좋아요. 我考試沒考好，心情不好。
나이	图 年紀、 年齡	나는 아내보다 나이가 어려요. 我的年紀比我妻子小。
날짜	图 日期、 日子	결혼식 날짜를 알려 주세요. 請告訴我你婚禮的日期。
사진	图 照片	여행을 가서 사진을 찍었어요. 我去旅行然後拍了照片。
생일	图 生日	생일을 축하해요. 祝你生日快樂。
선물	图 禮物	친구에게 생일 선물을 주었어요. 我送給朋友生日禮物。
쇼핑	图 購物	백화점에서 쇼핑을 해요. 在百貨公司購物。
신발	图 鞋子	구두, 운동화, 등산화는 모두 신발이에요. 皮鞋、運動鞋、登山鞋都是鞋子。
옷	图 衣服	백화점에서 옷을 샀어요. 在百貨公司買了衣服。

직업	名 職業	우리 형의 직업은 선생님이에요. 我哥哥的職業是老師。
휴일	名 休息日	저는 휴일마다 공원에서 운동을 해요. 我一到休息日就去公園運動。
둘(두)	冠 兩、二	하나(한), 둘(두), 셋(세), 넷(네), 다섯, 여섯, 일곱, 여 덟, 아홉, 열 一、二、三、四、五、六、七、八、九、十
별로	副 不太	오늘은 별로 덥지 않아요. 今天不太熱。
정말	副 真的	삼계탕이 정말 맛있어요. 參雞湯真的很好吃。
하지만	副 但是	저는 듣기를 잘 해요. 하지만 쓰기를 잘 못 해요. 我聽力很好，但是寫作不太好。
일하다	動 工作	저는 병원에서 일해요. 我在醫院工作。
읽다	動 讀、看	저는 매일 신문을 읽어요. 我每天看報紙。
지나다	動 過、度過	봄이 지나고 여름이 왔어요. 春天過去，夏天來了。
태어나다	動 出生	저는 서울에서 태어났어요. 我出生在首爾。
같다	形 一樣	저와 제 친구는 20살이에요. 우리는 나이가 같아요. 我和朋友都是 20 歲。我們年齡一樣。
재미없다	形 無趣	이 영화는 재미없어요. 這部電影很無趣。

보다	表示比較的標準。 예 동생이 저보다 두 살 적습니다. 弟弟（妹妹）比我小兩歲。
A-게	用於以「怎麼做」、「做多少」的意思修飾後面的動詞。 예 머리를 짧게 잘랐습니다. 我把頭髮剪短了。
-(으)시-	用於表示對句子主語的尊待。 예 아버지께서 회사에 가십니다. 父親去上班了。

11-14

11~14 選出對話內容的主題

　　這個題型要聽兩人的對話內容，然後從選項中選出對話內容的主題。對話內容不會出現選項單字，考生必須從對話內容裡面找出核心單字，接著透過核心單字掌握主題是什麼，再從選項中找出答案。句子的長短或文法難易度對解題沒有影響，因此考生須注意聆聽對話內容裡的核心單字。假如對話中的兩人都有用到某一個單字，那麼該單字就會是這則對話的核心單字，找到核心單字便能輕鬆掌握對話內容的主題。

　　從選項裡挑選對話內容主題時，請留意不要把對話內容侷限得太小，也不要把範圍含括得太大。譬如，當你聽到「사과가 싸다」時，如果只把注意力放在「사과」選了「과일」這個答案，就有可能答錯題目。相反的，當你聽到「사과가 싸니까 사야겠다」，然後擅自聯想其他沒有聽到的內容最後選了「쇼핑」這個選項時，也可能因此答錯題。請不要掉入這種陷阱裡，盡可能掌握「사과가 싸다」這句話是在講蘋果的「價錢／價格」。

　　第 11、12、14 題的配分是每題 3 分，第 13 題的配分是 4 分。不過這四題的難易度差別不大，可以不用介意考題的配分方式。下表將出題頻率高的單字跟表現依照主題分類，請務必熟記。

主題	字彙與表現
家具	책상, 의자, 침대, 옷장, 책장
家人	할아버지, 할머니, 부모(아버지, 어머니), 형, 오빠, 누나, 언니, 동생
價格	원, 얼마, 가격, 싸다, 비싸다, 깎다
季節	봄, 여름, 가을, 겨울
故鄉	[都市名稱: 서울, 부산], ○○ 사람, 어디, 태어나다
水果	배, 수박, 사과, 포도, 딸기, 토마토, 바나나
交通	버스, 지하철, 자동차, 택시, 기차, 비행기, 타다, 내리다, 갈아타다
國籍（國家）	[國家名稱: 한국, 중국, 미국, 일본, 베트남], ○○ 사람, 어느 나라, 오다
心情	좋다, 나쁘다, 기쁘다, 슬프다, 즐겁다, 행복하다, 화가 나다
年紀、年齡	○○(스무, 서른, 마흔) 살
天氣	덥다, 춥다, 따뜻하다, 시원하다, 맑다, 흐리다, 비가 오다, 눈이 오다, 바람이 불다

日期	달력, ○○월 ○○일, 언제, 며칠, 날, 어제, 오늘, 내일, 주말(토요일, 일요일), 휴일
身體	머리, 가슴, 배, 팔, 다리, 허리, 얼굴(눈, 코, 입, 귀)
照片	카메라(사진기), 찍다, 잘 나오다
生日	○○월 ○○일, 언제, 태어나다, 선물(을 주다/받다)
購物	가게, 시장, 백화점, 사다, 팔다, 싸다, 비싸다
時間	○○시, ○○분, 언제
用餐	아침, 점심, 저녁, 먹다, 드시다
旅行	가방, 여권, 카메라, 기차, 배, 비행기, 출발하다, 도착하다, 다녀오다
電影	극장, 영화관, 보다, 재미있다, 재미없다
衣服	치마, 바지, 티셔츠, 블라우스, 원피스, 양복, 입다, 벗다, 예쁘다, 멋있다, 어울리다, 잘 맞다
食物(味道)	[食物名稱: 김치, 불고기, 비빔밥], 먹다, 맛있다, 맛없다, 맛(달다, 짜다, 맵다, 쓰다, 시다)
職業	기자, 의사, 군인, 선생님, 간호사, 회사원, 경찰관, 요리사, 은행원, 미용사, 일하다
家	아파트, 거실, 방, 화장실, 부엌/주방, 살다, 넓다(크다), 좁다
書	서점, 도서관, 읽다, 재미있다, 재미없다, 쉽다, 어렵다
興趣愛好	독서, 요리, 노래, 영화, 등산, 여행, 운동(수영, 농구, 축구, 야구, 테니스), 자주, 주로
學校	교실, 수업, 공부, 숙제, 선생님, 학생, 방학

11-14

題目分析

考古題

※[11~14] 다음은 무엇에 대해 말하고 있습니까?
〈보기〉와 같이 알맞은 것을 고르십시오.

11~14 3점 4점

> 남자: 동생은 몇 살이에요?
> 여자: 저보다 두 살 적어요.

① 나이　　② 번호　　③ 날짜　　④ 시간

〈TOPIK 41회 듣기 [13]〉
• 동생 弟弟、妹妹
• 살 歲
• 적다 小、少
• 번호 號碼

11~14
分析內容
男子詢問女子弟弟的年紀，女子正在回答他。本題的核心單字是「몇 살」、「두 살」。透過核心單字可以了解到兩人在談論年紀，因此正確答案為①。

模擬試題

※[11~14] 다음은 무엇에 대해 말하고 있습니까?
〈보기〉와 같이 알맞은 것을 고르십시오.

11~14 3점 4점

> 여자: 이거 맛이 어때요?
> 남자: 정말 맛있어요. 하지만 좀 매워요.

① 기분　　② 음식　　③ 공부　　④ 사진

• 맛 味道
• 맛있다 好吃、好喝
• 맵다 辣

11~14
分析內容
女子詢問男子「這個的味道怎樣」？男子正在回答她。本題的核心單字是「맛」、「맛있다」、「맵다」。透過核心單字可以了解到兩人在談論食物（餐點）的味道，因此正確答案為②。

11-14

11.mp3

實戰練習

※[11~14] 다음은 무엇에 대해 말하고 있습니까? <보기>와 같이 알맞은 것을 고르십시오.

11 3점
① 가족　　　　② 건강　　　　③ 직업　　　　④ 휴일

12 3점
① 계획　　　　② 고향　　　　③ 날짜　　　　④ 생일

13 4점
① 책　　　　　② 표　　　　　③ 영화　　　　④ 기분

14 3점
① 선물　　　　② 쇼핑　　　　③ 여행　　　　④ 주말

※解答・解析・翻譯見 P.94

무슨 什麼	일 工作、事情	날 日子	다 全部	영화 電影	이렇다 這樣
남대문시장 南大門市場					

15-16

✏️ 必考單字

여기	代 這裡	여기가 민수 씨 학교예요? 這裡是民秀的學校嗎?
더	副 更、再	형은 동생보다 키가 더 커요. 哥哥身高比弟弟更高。
한번	副 試試	이 음식 한번 드셔 보세요. 請嘗嘗看這個食物。
고치다	動 修理	휴대전화가 고장 나서 고쳐야 해요. 手機壞了，得修理。
보다	動 看	옷을 입고 거울을 봐요. 穿上衣服，照照鏡子。
식사하다	動 用餐、吃飯	점심에 같이 식사할까요? 中午一起吃飯怎麼樣？
쓰다	動 寫	공책에 이름을 쓰세요. 請在筆記本上寫上名字。
어울리다	動 搭配、合適	이 바지에는 흰 티셔츠가 어울려요. 白 T 恤跟這條褲子很搭。
일어나다	動 起來、起床	저는 아침에 일찍 일어나요. 我早上很早起床。
자다	動 睡覺	저는 밤 11시쯤 자요. 我晚上 11 點左右睡覺。
자르다	動 剪	머리를 자르려고 미용실에 갔어요. 我為了剪頭髮，去了美容院。
조심하다	動 小心	길이 미끄러워요. 조심하세요. 路很滑，請小心。
어떻다	形 怎麼樣	한국 김치는 어떻게 만들어요? 韓國辛奇是怎麼做的？

피곤하다	形 疲勞、累	요즘 회사에 일이 많아서 너무 피곤해요. 最近公司工作很多，所以很累。
조금	名/副 一點	학교에 조금 더 일찍 오세요. 請再早一點來學校。
마음에 들다	喜歡、滿意	새로 산 옷이 마음에 들어요. 我喜歡新買的衣服。

必考文法

A/V-네요	用於描述對（之前不知道）剛剛才知道之事實的感受。 예 가: 여기가 제 방이에요. 這裡是我的房間。 　　나: 방이 넓네요. 房間很寬敞啊。
V-(으)ㄹ게요	用於話者向聽者保證要做某事，或是用來表達話者的意志。 예 가: 내일은 일찍 일어나세요. 明天請早點起床。 　　나: 네, 일찍 일어날게요. 好的，我會早點起床的。 　　잠깐 화장실 좀 다녀올게요. 我去一下洗手間。
A-(으)ㄴ/(으)ㄹ 것 같다 V-(으)ㄴ/는/(으)ㄹ 것 같다	1. 表示推測。 　• 與形容詞一起使用時，表現在的狀態用「A-(으)ㄴ 것 같다」；表未來的狀態或做出比較籠統的推測時，用「A-(으)ㄹ 것 같다」。 　• 與動詞一起使用時，表過去發生的事情用「V-(으)ㄴ 것 같다」；表現在的事情用「V-는 것 같다」；表未來的事情或做出比較籠統的推測時，用「V-(으)ㄹ 것 같디」。 　• 與名詞連用時，用「N인/일 것 같다」。 　예 지금 날씨가 좋은 것 같습니다. 現在天氣好像很好。 　　　내일 날씨가 좋을 것 같습니다. 明天天氣好像會很好。 　　　어제 비가 온 것 같습니다. 昨天好像下雨了。 　　　지금 비가 오는 것 같습니다. 現在好像在下雨。 　　　내일 비가 올 것 같습니다. 明天好像會下雨。 　　　저기가 화장실인 것 같습니다. 那邊好像是廁所。 　　　그 사람이 선생님일 것 같습니다. 那個人好像是老師。 2. 用於委婉表達話者的想法時。 　예 그 옷은 별로 안 예쁜 것 같습니다. 　　　那件衣服好像不太好看。 　　　내일은 학교에 못 갈 것 같습니다. 　　　明天好像不能去學校。

15-16

15~16 選出與對話內容相符的圖片

　　這個題型要聆聽對話內容，然後選出跟內容相符的圖片。對話會以「A1–B1」的形式出現，內容很短也很簡單，所以必須專心聆聽每一句話。如果能從對話裡找到線索，知道對話場所是哪裡、兩人分別扮演什麼角色、兩人正在做什麼行為，就可以輕鬆選出正確答案。

　　這個題型裡，為了說明情況，常會使用「아주、너무、빨리、항상」等副詞。此外，因為題目必須用圖片將行動呈現出來，所以句尾經常使用命令或建議行動的「–（으）세요–」、「（으）시겠어요？」出題形式通常是 A1 提出問題、建議、邀請、命令，然後 B1 針對 A1 的話進行回答。

　　聆聽對話前，先快速瀏覽所有選項圖片，然後掌握可能的場所跟情況。這樣聽完對話就可以快速找出答案。

15-16

12.mp3

🔍 題目分析

考古題

※[15~16] 다음 대화를 듣고 알맞은 그림을 고르십시오.
각 4점

15~16

> 여자: 일어나서 식사하세요.
> 남자: 너무 피곤해요. 조금만 더 잘게요.

〈TOPIK 41회 듣기 [15]〉
• 너무 非常

15~16
分析內容
場所：臥室
女子：妻子／男子：丈夫
女子為了叫男子起來吃飯，把男子叫醒。可是男子說他很累想要多睡一會。透過女子說「일어나서」、男子說「더 잘게요」的對話內容可以了解到，男子正躺在床上。藉由女子說「식사하세요」可以推測剛做好飯的女子身上穿著圍裙。因此正確答案為①。

①

②

③

④

模擬試題

※[15~16] 다음 대화를 듣고 알맞은 그림을 고르십시오.
각 4점

15~16

> 여자: 여기 거울 한번 보세요. 마음에 드세요?
> 남자: 좋네요. 저한테 잘 어울리는 것 같아요.

①

②

③

④

- 입다 穿
- 거울 鏡子
- 잘 擅長、好好

15~16
分析內容
場所：服飾店
女子：店員／男子：顧客
透過女子說「여기 거울 한번 보세요」這句話，可以推測出一名店員請男人照鏡子的畫面。而且藉由男子說「좋다, 잘 어울리다」可以想像出一名男性顧客照了鏡子後露出滿意的表情。因此正確答案為③。

15-16

14.mp3

實戰練習

※ [15~16] 다음 대화를 듣고 알맞은 그림을 고르십시오. 각 4점

15 ①
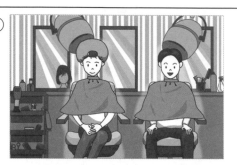

②

③

④

16 ①

②

③

④

※解答・解析・翻譯見 P.94

사진 照片　**확인하다** 確認　**잘 되다** 好、行　**앞으로** 從今往後

54

17-21

📝 必考單字

수업	名 課	학교에서 한국어 수업을 해요. 在學校上韓語課。
신청서	名 申請書	저는 몸이 아파서 회사에 휴가 신청서를 냈어요. 我因為身體不舒服，所以向公司提交了休假申請書。
약속	名 約會、約定	저는 주말에 친구와 약속이 있어요. 我週末跟朋友有約。
의자	名 椅子	여기 의자에 앉으세요. 請坐在這張椅子上。
자전거	名 自行車、 腳踏車	자전거를 타고 공원에 갔어요. 騎自行車去公園。
잠시	名 一會	민수 씨를 만나려면 잠시 기다려 주세요. 想見民秀的話，要請您等一會。
장소	名 場所	약속 장소가 어디예요? 約會場所是哪裡？
정도	名 程度	이 책은 초등학생 정도의 아이가 읽을 수 있어요. 這本書小學程度的孩子可以看。
고르다	動 選擇	어떤 음료수를 드시겠어요? 골라 보세요. 您要喝什麼飲料? 選一下吧。
모르다	動 不知道、 不認識	그 사람의 얼굴은 알지만 이름은 몰라요. 我只知道他長什麼樣，但不知道他叫什麼名字。
묻다	動 問	그가 이름을 물어서 제가 큰 소리로 대답했어요. 他問我叫什麼名字，我大聲回答他。
주다	動 給	친구에게 주려고 선물을 샀어요. 我想送禮給朋友，就買了禮物。
초대하다	動 邀請	생일에 친구들을 초대하려고 해요. 我打算生日的時候請朋友來玩。

출발하다	動 出發	비행기가 3시에 출발해요. 飛機 3 點起飛。
취소하다	動 取消	회사에 일이 있어서 약속을 취소했어요. 公司有事，所以取消了約會。
확인하다	動 確認	시험 결과를 확인했어요. 我確認了考試結果。
불편하다	形 不方便	다리를 다쳐서 걷기가 불편해요. 我的腿受傷了，走路不太方便。
특별하다	形 特別	방학에 특별한 계획이 있어요? 放假有什麼特別的計劃嗎？
알려 주다	告訴、教	저는 친구에게 한국 노래를 알려 주고 있어요. 我正在跟朋友介紹韓國歌曲。

☕ 必考文法

A/V-(으)ㄹ 수 있다/없다	1. 表示某事可能發生或不可能發生。 　예 가: 내일 오후에 만날 수 있어요? 明天下午能見面嗎? 　　　나: 아니요. 오후에 약속이 있어서 만날 수 없어요. 　　　不，明天下午我有約會，不能見面。 2. 表示有或沒有某種能力。 　예 저는 컴퓨터를 배워서 잘할 수 있습니다. 　　　我有學電腦，所以會用。
A/V-(으)려면	用於假設想要做的事情時，後面應該接實現假設所要滿足的條件。 　예 명동에 가려면 지하철 4호선을 타야 합니다. 　　　想要去明洞的話，必須搭 4 號線。
N마다	1. 用於修飾前面出現的名詞，表示每一個。 　예 교실마다 에어컨이 있습니다. 每間教室都有空調。 2. 與時間一起使用時，用來表示在該時間點某件事情就會反覆出現。 　예 저는 주말마다 도서관에 갑니다. 我每個週末都去圖書館。
A/V-아/어야 하다/되다	表示必須做某事。 　예 공부를 잘 하려면 열심히 공부해야 합니다. 　　　如果成績想要好，就必須努力讀書。

17-21

17~21　選出與對話內容相符的選項

　　這個題型要聆聽對話內容，然後選出與對話內容相符的選項。從第 17 題開始，就會正式出現 2 級左右，稍微難一點的單字跟文法。第 17 題的對話形式是 A1–B1–A2；第 18～21 題的對話形式是 A1–B1–A2–B2。

　　這個對話是一個人對另一個人提出問題、請求、建議、指示等，然後另一個人針對前者提出的話做出反應。這種情況下，考生必須仔細聆聽男子跟女子在做什麼行為，以及他們想做什麼行為。選項主要會針對男子跟女子的行為做說明，因此，最好可以從選項中刪除與對話內容不一致或沒有提到的內容，從中找出正確答案。

　　此外，選擇答案時，時制非常重要。希望考生可以先掌握選項內容是過去時制、現在時制還是未來時制，接著聆聽對話內容，同時與選項做比較，從中找出正確答案。以下是選項中常用表時制的文法。

過去時制	-았/었습니다
現在時制	-ㅂ/습니다, -고 있습니다
未來時制	-(으)ㄹ 겁니다/것입니다, -(으)려고 합니다
其他	-(으)ㄹ 수 있습니다/없습니다, -지 못합니다. -(으)ㄴ 적이 있습니다, -고 싶어 합니다

17-21

🔍 題目分析

考古題

※[17~21] 다음을 듣고 〈보기〉와 같이 대화 내용과 같은 것을 고르십시오. 각 3점

17~21

> 여자: 우리 아이가 탈 자전거 좀 보여 주세요.
> 남자: 이 아이가 탈 거예요? 이쪽에서 골라 보세요.
> 여자: 이 노란색 자전거가 예쁘네요. 이걸로 주세요. 아, 근데 의자가 우리 아이한테 너무 높진 않겠 죠?
> 남자: 그럼요. 이 아이 정도면 탈 때 불편하진 않을 거예요.

① 여자는 자전거 가게에서 일합니다. ▷ 男子
② 여자는 노란색 자전거를 살 겁니다.
③ 남자는 아이와 함께 가게에 왔습니다. ▷女子
④ 남자는 아이에게 자전거를 선물했습니다. ▷女子

〈TOPIK 37회 듣기 [18]〉
• 아이 孩子
• 타다 騎、乘坐
• 노란색 黃色
• 예쁘다 漂亮
• 근데 可是
• 너무 非常
• 높다 高

17~21
分析內容
女子：客人／男子：員工
女子為了送孩子腳踏車當作禮物，跟著孩子一起到腳踏車店。雖然女子挑了黃色的腳踏車，可是她有點擔心坐椅的高度，因此向店員詢問。店員建議她無須擔心座椅高度的問題，於是女子決定要買黃色腳踏車。正確答案為②。

※本題有使用到縮略語（縮寫）。希望藉此讓考生了解，聽力或口說經常會使用縮略語形態。

原形	縮略語
그런데	▶근데
높지는	▶높진
불편하지는	▶불편하진

16.mp3

模擬試題

※[17~21] 다음을 듣고 <보기>와 같이 대화 내용과 같은 것을 고르십시오. 각 3점

17~21

> 여자: (전화벨) 여보세요. 민수 씨, 휴일에 죄송한데요. 내일 문화 수업 장소와 시간 좀 알려 줄 수 있어요?
>
> 남자: 아, 미안해요. 제가 지금 밖에 있는데요. 집에 가서 확인하고 바로 전화 드릴게요.
>
> 여자: 바쁘시면 다른 분께 부탁해 볼게요.
>
> 남자: 아니에요. 10분 후면 집에 도착해요.

① 남자는 지금 집에 도착했습니다.
② 남자는 잠시 후에 여자에게 전화를 할 겁니다.
③ 여자는 바빠서 문화 수업 장소에 갈 수 없습니다.
④ 여자는 밖에 있어서 문화 수업 장소와 시간을 모릅니다.

- 여보세요 喂?
- 휴일 休息日
- 죄송하다 對不起、抱歉
- 문화 文化
- 시간 時間
- 지금 現在
- 밖 外面
- 바로 直接
- 드리다 給(尊待語)
- 바쁘다 忙碌

17~21

分析內容

女子／男子：朋友
女子明天有文化課，可是不曉得上課地點。所以她打給男子詢問文化課在哪邊上課。男子說他現在在外面沒辦法跟她說，不過他十分鐘後回家確認再回電話給她。因此稍後男子會打電話給女子。正確答案為②

60

🖱 **實戰練習**

※[17~21] 다음을 듣고 <보기>와 같이 대화 내용과 같은 것을 고르십시오. 각 3점

17 ① 여자는 잠시 후에 경주에 갑니다.
　　② 남자는 여자와 함께 버스에 탈 겁니다.
　　③ 여자는 인터넷으로 버스표를 사고 있습니다.
　　④ 남자는 1시 50분에 출발하는 버스를 탈 겁니다.

18 ① 여자는 주말마다 모임이 있어 바쁩니다.
　　② 남자는 이번 주말에 1박 2일로 여행을 갑니다.
　　③ 남자는 일이 많아서 일 년에 한 번 여행을 합니다.
　　④ 여자는 남자와 함께 토요일에 여행을 가려고 합니다.

19 ① 여자는 7시 30분에 퇴근합니다.
　　② 남자는 태권도 신청서를 쓰려고 합니다.
　　③ 여자는 퇴근한 후에 태권도를 배울 겁니다.
　　④ 남자는 태권도 저녁반 시간을 묻고 있습니다.

20 ① 남자는 어제 이메일을 읽었습니다.
　　② 남자는 집들이에 초대를 받았습니다.
　　③ 여자는 친구들에게 이메일을 보냈습니다.
　　④ 여자는 약속을 취소하고 집들이에 갈 겁니다.

21 ① 남자는 일요일에 고향으로 돌아갑니다.
　　② 여자는 친구들과 같이 잡채를 만들 겁니다.
　　③ 여자는 마이클이 좋아하는 음식을 만들 겁니다.
　　④ 남자는 여자에게 특별한 음식을 선물하려고 합니다.

※解答・解析・翻譯見 P.94

경주 慶州	인터넷 網路	버스표 公車票	마다 每	모임 聚會	처음 第一次
정말 真的	재미있다 有趣	퇴근 下班	태권도 跆拳道	배우다 學	이메일 電子郵件
집들이 溫居	받다 接受	잡채 雜菜	좋아하다 喜歡		

22-24

가격	图 價格	시장에서 채소를 **사면** 가격이 싸요. 在市場買菜價格很便宜。
교통	图 交通	서울은 차가 많아서 **교통**이 복잡해요. 首爾車很多，所以交通複雜。
다행	图 幸虧、萬幸	교통사고가 났는데 안 다쳐서 **다행**이에요. 出了車禍，但是沒有受傷，真是萬幸。
산책	图 散步	식사 후에 공원에서 **산책**을 해요. 吃完飯在公園散步。
생각	图 想法、意見	다음을 듣고 여자의 중심 **생각**을 고르십시오. 請聽下列對話內容，選出女子的中心思想。
이사	图 搬家	저는 다음 달에 학교 근처로 **이사**를 가요. 我下個月要搬到學校附近住。
인기	图 人氣	그 가수는 우리나라에서 **인기**가 많아요. 那個歌手在我們國家很受歡迎。
화장실	图 洗手間	남자 화장실은 1층에 있고 여자 **화장실**은 2층에 있어요. 男洗手間在 1 樓，女洗手間在 2 樓。
내리다	動 下	세일 기간입니다. 내일부터 물건 값을 **내립니다**. 現在是促銷期間。明天開始降價。
놀라다	動 驚訝	부모님이 갑자기 학교에 오셔서 깜짝 **놀랐어요**. 父母突然來學校，我很驚訝。
사용하다	動 使用	이 기계는 위험하니까 **사용할** 때 조심하세요. 這個機器有一定的危險性，使用時請小心。
소개하다	動 介紹	제 고향을 친구들에게 **소개하려고** 해요. 我打算向我的朋友們介紹我的故鄉。
수리하다	動 修理	고장 난 컴퓨터를 **수리해요**. 修理故障的電腦。

이기다	動 贏	우리 학교가 축구 경기에서 한국대학교를 **이겼습니다**. 足球比賽上，我們學校贏了韓國大學。
이야기하다	動 聊天	저는 함께 사는 친구와 매일 **이야기해요**. 我每天都和我的室友聊天。
잘하다	動 擅長、 做得好	저는 한국에 살아서 한국어를 **잘해요**. 我在韓國生活，所以韓語說的得很好。
걱정하다	動 擔心	제가 한국에서 혼자 살고 있어서 어머니는 항상 **걱정해요**. 我獨自在韓國生活，所以媽媽總是很擔心。
힘들다	形 辛苦、累	오늘 오래 걸어서 **힘들어요**. 今天走路太多，很累。
가깝다	形 近	우리 집은 학교에서 **가까워요**. 我家離學校很近。
깨끗하다	形 乾淨	조금 전에 방을 청소해서 **깨끗해요**. 我不久前剛打掃房間，很乾淨。
편리하다	形 方便	지하철이 빠르고 **편리해요**. 地鐵很快，很方便。

A/V-(으)ㄹ지 모르겠다	用於對不確切的結果表示疑問或擔憂。 예 이 돈으로 유학 생활을 할 수 있을지 모르겠습니다. 不知道這些錢夠不夠去留學。
N(이)나	1. 表示在兩者之間任選其一。 예 저는 아침에 밥이나 빵을 먹습니다. 我早上吃飯或者麵包。 2. 用於數量比想像中多的時候。 예 빵을 5개나 먹었습니다. 我吃了 5 個麵包。
V-고 싶다	用於想要某樣東西或是對某事抱有期待。 예 저는 올해 대학교에 입학하고 싶습니다. 我希望今年能上大學。
N에 대해(대하여)	表示前面出現的名詞是後面內容描述的對象，可以與「N에 관해(관하여)」替換使用。 예 지금부터 자기 나라에 대해 이야기합시다. 現在我們來就自己的國家進行討論。

22-24

22~24 選出男人 / 女人的中心思想

　　這個題型是聆聽對話內容，選出男子或女子中心思想的題目。首先請先仔細閱讀題目，看看問的是男子的中心思想還是女子的中心思想再開始解題。對話形式為 A1–B1–A2–B2，通常 A 的中心思想可以在 A2 找到答案；B 的中心思想有可能會在 B1 或 B2 找到答案，出現在 B2 的情況比較多。因此，遇到挑選中心思想的題目時，最好能專心聆聽 A2 跟 B2 的內容。

　　主要出題方向為解決工作、學習、運動、購物、快遞、休閒生活、使用公共場所與行政機關等日常生活中的不便或不滿；或是希望可以改善的內容。因此，對話內容或選項經常使用「–고 싶습니다.」、「–(으)면 좋겠습니다.」、「–(으)면」、「–(으)ㄹ 것 같은데요」等表希望的表現，或是「–아／어야 합니다」等表義務或需要的表現。因此，如果把重點放在聆聽對話的主題是什麼、問題點是什麼、需要改善的項目是什麼、他們期望什麼等，就可以輕鬆找到答案。

22-24

18.mp3

🔍 題目分析

考古題

※[22~24] 다음을 듣고 여자의 중심 생각을 고르십시오. 각 3점

22~24

> 여자: 민수 씨, 어제 축구 경기 봤어요?
>
> 남자: 네. 저는 친구들하고 재미있게 봤어요. 우리 팀이 이겨서 더 좋았죠. 수미 씨도 봤어요?
>
> 여자: 저도 봤어요. 우리 선수 한 명이 다쳐서 걱정했는데 이겨서 다행이었어요. 다음 경기도 이기면 좋겠네요. 그럴 수 있겠죠?
>
> 남자: 그럴 수 있을까요? 다음 상대팀이 너무 잘해서요.

① 우리 팀이 계속 이기면 좋겠습니다.
② 친구들과 같이 봐서 더 신났습니다.
③ 다음 경기는 이길 수 없을 것 같습니다.
④ 상대팀 선수가 많이 다쳐서 걱정했습니다.

〈TOPIK 37회 듣기 [22]〉

• 축구 足球
• 경기 比賽
• 재미있다 有趣
• 팀 隊
• 선수 選手
• 다치다 受傷
• 그렇다 那樣
• 상대 對方、對手

22~24
分析內容
本題必須選出女子的中心思想。女子在第二段對話講了「다음 경기도 이기면 좋겠네요.」表達自己的想法，因此正確答案為①。

模擬試題

※[22~24] 다음을 듣고 남자의 중심 생각을 고르십시오. 각 3점

22~24

> 남자: 학교가 지하철역에서 가깝네요. 학교 앞에 큰 공원도 있고요.
>
> 여자: 그래서 우리 학교가 외국 유학생들한테 인기가 많아요.
>
> 남자: 네, 교통도 편리하고 식사 후에는 산책도 할 수 있겠네요. 우리 학교에도 이런 곳이 있으면 좋겠어요.
>
> 여자: 저도 친구가 소개해 줘서 왔는데 정말 잘 온 것 같아요.

① 지하철을 타고 학교에 오는 것이 편리합니다.
② 식사 후에 친구와 함께 산책을 하고 싶습니다.
③ 우리 학교 근처에도 공원이 있으면 좋겠습니다.
④ 많은 유학생들이 이 학교에서 공부하면 좋겠습니다.

• 크다 大
• 유학생 留學生
• 정말 真的

22~24
分析內容
本題必須選出男子的中心思想。男子表示自己很羨慕女子學校附近有公園可以散步，說了「우리 학교에도 이런 곳(공원)이 있으면 좋겠다.」因此正確答案為③。

22-24

🖱️ 實戰練習

※[22~24] 다음을 듣고 여자의 중심 생각을 고르십시오 각 3점

22 ① 백화점을 더 구경하고 싶습니다.
   ② 피곤해서 빨리 집에 가고 싶습니다.
   ③ 더 구경하고 싶지만 참아야 합니다.
   ④ 싸고 좋은 물건이 많으면 좋겠습니다.

23 ① 영화가 재미있으면 좋겠습니다.
   ② 팝콘의 가격을 더 싸게 해야 합니다.
   ③ 영화를 볼 때는 팝콘을 먹어야 합니다.
   ④ 영화표가 너무 비싸서 깜짝 놀랐습니다.

24 ① 새로 이사 간 집을 깨끗하게 사용해야 합니다.
   ② 담배 냄새가 올라와서 화장실을 수리해야 합니다.
   ③ 많은 사람이 사는 아파트에서는 담배를 안 피워야 합니다.
   ④ 아래층 사람을 만나서 담배 냄새에 대해 이야기해야 합니다.

※解答 · 解析 · 翻譯見 P.94

그만 到此、就此	기간 期間	물건 東西、物品	조금 一點	당신 你(尊待語)	이제 昨天
빨리 趕快	알다 知道、認識	참다 忍受	팝콘값 爆米花的價格	깜짝 嚇一跳	냄새 氣味
마음에 들다 喜歡、滿意		아래층 樓下、下面一層		담배를 피우다 抽菸	
큰일이다 大事	올라오다 上來				

25-26

방법	名 方法	공부를 잘 하는 방법을 알고 싶어요. 我想知道取得好成績的方法。
비	名 雨	비가 와서 우산을 써요. 下雨了，所以撐傘。
생활	名 生活	학교생활이 힘들지만 재미있어요. 學校生活雖然很辛苦，但是很有趣。
설명	名 說明、解說	설명이 너무 어려워요. 解說太難了。
연휴	名 連休	한국은 설날과 추석 명절에 3일 동안 연휴예요. 韓國春節和中秋的時候有三天連休。
옛날	名 以前、昔日	옛날에는 세탁기도 텔레비전도 없었어요. 以前沒有洗衣機，也沒有電視。
질문	名 問題	선생님, 질문이 있어요. 老師，我有問題。
하루	名 一天	하루, 이틀, 사흘, 나흘 一天、兩天、三天、四天。
그리다	動 畫	저는 여행을 가면 아름다운 경치를 그리는 것을 좋아해요. 我去旅行的時候喜歡把美麗的景色畫下來。
들어가다	動 進去	문을 열고 교실에 들어가요. 開門進教室。
모이다	動 聚會、聚集	제 생일을 축하하려고 친구들이 모였어요. 朋友們為了給我慶祝生日聚在一起。
바뀌다	動 換	제 신발이 친구의 신발과 바뀌었어요. 我和朋友換了鞋。

버리다	動 扔	쓰레기를 쓰레기통에 버리세요. 請把垃圾扔到垃圾箱。
신나다	動 高興、開心	저는 내일 여행을 가서 신나요. 我因為明天要去旅行，所以很高興。
신다	動 穿	날씨가 추워서 따뜻한 양말을 신었어요. 因為天氣冷，所以我穿了暖和的襪子。
정하다	動 確定	약속 장소를 정해서 말해 주세요. 約會地點確定後請告訴我一下。
높다	形 高	산이 높아서 등산이 힘들어요. 山很高，所以爬山很累。
다르다	形 不一樣	나라마다 국기가 달라요. 每個國家的國旗不一樣。
즐겁다	形 愉快、享受	한국 생활이 즐거워요. 韓國的生活很愉快。
매일	名／副 每天	저는 매일 일기를 써요. 我每天寫日記。
매주	名／副 每週	매주 일요일은 집에서 쉬어요. 我每週日在家休息。
방금	名／副 剛才	방금 전에 만난 사람이 누구예요? 你剛才見的人是誰啊？
가지고 가다	帶走	비가 오니까 우산을 가지고 가세요. 下雨了，帶傘去吧。

A/V-기 때문에	表示某事的原因或理由。不能與表示命令的「-(으)세요、-(으)십시오」以及表示建議的「-(으)ㅂ시다、-(으)ㄹ까요?」連用。「-기 때문에」與名詞連用時,用作「N(이)기 때문에」的形式,名詞跟代名詞也可以直接使用「N 때문에」的形態。有時也會以「A/V-기 때문이다」的形態結尾。 예 퇴근 시간에는 길이 복잡하기 때문에 지하철을 탑니다. 　下班時間路況擁擠,所以坐地鐵。 　저는 외국인이기 때문에 한국말을 잘하지 못합니다. 　因為我是外國人,所以韓語說得不太好。 　저는 남자 친구 때문에 한국어를 배우게 되었어요. 　我是因為男朋友才學韓語的。 　수업에 지각한 것은 어제 늦게 잤기 때문입니다. 　上課遲到是因為昨天太晚睡。
A/V-지요?	用於話者認為聽者已經知道某項事實,然後用提問的方式跟對方確認或請求對方同意。如果「-지요?」前面是名詞,用作「N(이)지요?」。「-지요」可以縮寫為「-죠」。 예 가: 오늘 날씨가 춥지요(춥죠)? 今天天氣很冷吧? 　나: 네, 정말 추워요. 是的,真的很冷。 　가: 한국 사람이지요(사람이죠)? 您是韓國人吧? 　나: 네, 한국 사람입니다. 是的,我是韓國人。

25-26

　　這個題型要聆聽一個人的對話內容，選出與話者目的一致的選項。第 25～26 題會以一個人講話的形式，播放「廣播」、「書籍介紹」、「導覽介紹」等在正式場合中介紹、導覽、說明某樣東西的內容。因此語尾使用的文法型態都不是「-아 / 어요」，而是「-ㅂ / 습니다」。

- -

25 選出話者的目的

　　這題要選出話者說話的目的，希望考生在聆聽內容前可以先瀏覽選項。根據講話目的，會提供導覽、介紹、說明等選項。此外，本題也有可能也會使用表目的的文法出題，如「회사에서 주는 선물을 알려 주려고（TOPIK 41 回聽力測驗第 25 題正確解答）」。

- -

26 選出與聽力內容相符的選項

　　這題必須聆聽完整內容才有辦法答題。考生可以把跟聽力內容不一致或沒有提到的選項刪除，用刪去法來找答案。

- -

25-26

🔍 題目分析

考古題

※[25~26] 다음을 듣고 물음에 답하십시오.

> 여자: 여러분, 이쪽으로 오세요. 지금 보시는 이것은 옛날 신발인데요. 옛날 사람들은 비가 올 때 이 신발을 신었습니다. <u>신발의 앞과 뒤가 바닥보다 높아서</u> 비가 올 때도 발이 물에 젖지 않고요. 또 가벼운 <u>나무로 만들었기 때문에</u> 신었을 때 불편하지 않습니다. 남자 신발과 여자 신발은 모양이 좀 다른데요. 여자 신발은 꽃 그림을 그려서 예쁘게 만들었습니다. 다 보셨으면 옆으로 가실까요?

〈TOPIK 37회 듣기 [25~26]〉
- 이쪽 這邊
- 바닥 地面、地板
- 발 腳
- 젖다 濕
- 나무 樹
- 불편하다 不舒服
- 모양 模樣、樣子
- 꽃 그림 花朵圖案
- 옆 旁邊
- 주문 訂單、點
- 부탁 拜託

25 어떤 이야기를 하고 있는지 고르십시오. 3점
① 인사　② 설명　③ 주문　④ 부탁

25
分析內容
女子正在介紹以前下雨時穿的鞋子，包括外型、功能、材質等。也就是正在解說鞋子。因此正確答案為②。

26 들은 내용과 같은 것을 고르십시오. 4점
① 남자 신발에는 그림이 있습니다.
② 물에 들어갈 때 이 신발을 신습니다.
③ 이 신발은 나무로 만들어서 불편합니다.
④ 이 신발은 앞과 뒤를 높게 만들었습니다.

① 여자 신발은 꽃그림을 그려서
② 비가 올 때
③ 나무 ▷ 불편하지 않습니다

26
分析內容
這雙鞋子的前後做得比較高，在下雨的時候穿。因為是用輕巧的木頭製成，穿起來不會不舒服，而女鞋上面有繪製花朵圖案。因此正確答案為④。

模擬試題

※[25~26] 다음을 듣고 물음에 답하십시오.

> 여자: (딩동댕) 여러분 안녕하세요. 아파트 관리
> 사무소입니다. 다음 주 화요일 <u>19일부터 목
> 요일 21일까지 추석 연휴입니다</u>. 그래서 음
> 식 쓰레기를 가지고 가지 않으니 <u>음식 쓰레
> 기는 그 다음 날인 22일 금요일에 버려 주시
> 기 바랍니다</u>. 생활에 불편을 드려 죄송합니
> 다. 일반 쓰레기는 매일 버리셔도 됩니다.
> 오늘도 좋은 하루 보내세요. 감사합니다.
> (딩동댕)

• 아파트 公寓
• 관리 사무소 管理室
• 추석 中秋節
• 쓰레기 垃圾
• 일반 一般
• 다음 날 第二天、次日
• 알려 주다 告知、通知
• 휴일 休息日
• 날마다 每天
• 이틀 兩天

25 여자가 ㉺ 이 이야기를 하고 있는지 맞는 것을 고르십시오. [3점]
① 아파트의 쓰레기 버리는 날을 정하려고
② 아파트 사람들에게 추석 연휴 인사를 하려고
③ 아파트의 일반 쓰레기 버리는 방법을 말해 주려고
④ 아파트의 음식 쓰레기 버리는 날이 바뀐 것을 알려 주려고

25
分析內容
這是公寓管理室的廣播。因為從下週二 19 號到 21 號為中秋假期，所以沒有人收廚餘。因此把丟廚餘的日期調整到了 22 號。廣播中對此進行了說明。所以正確答案為④。

26 들은 내용으로 맞는 것을 고르십시오. [4점]
① 다음 주 금요일 22일은 휴일입니다.
② 일반 쓰레기는 날마다 버릴 수 있습니다.
③ 이틀 동안 음식 쓰레기를 버릴 수 없습니다.
④ 음식 쓰레기는 매주 금요일에 버려야 합니다.

26
分析內容
中秋節連假從星期二 19 號開始到 21 號結束，為期 3 天。所以這 3 天不能丟廚餘。下週五可以丟廚餘。但是，一般垃圾每天都可以丟。所以正確答案為②。

22.mp3

🖱 **實戰練習**

※[25~26] 다음을 듣고 물음에 답하십시오.

25 어떤 이야기를 하고 있는지 고르십시오. **3점**
　　① 소개　　　　　② 질문　　　　　③ 초대　　　　　④ 약속

26 들은 내용과 같은 것을 고르십시오. **4점**
　　① 이 동아리는 음악을 하는 동아리입니다.
　　② 월요일과 수요일에 태권도 공연을 합니다.
　　③ 동아리에 가입하려면 신청서를 써야 합니다.
　　④ 한 달에 두 번 공원에서 태권도를 배웁니다.

※解答・解析・翻譯見 P.94

신입생 新生	공연 演出、表演	태권도 跆拳道	신청서 申請書	동아리 社團
저희 我們（謙稱）	번 次	들어오다 進來	가입하다 加入	

27-28

✏ 必考單字

가구	图 家具	제 방에 있는 가구는 침대하고 옷장이에요. 我房間裡的家具有床和衣櫃。
근처	图 附近	우리 집 근처에는 공원도 있고 백화점도 있어요. 我家附近有公園還有百貨公司。
기간	图 期間	우리 학교는 방학 기간이 2달이에요. 我們學校放假期間是 2 個月。
이유	图 理由	민수 씨가 학교에 안 온 이유를 알고 싶어요. 我想知道民秀不來學校的理由。
종류	图 種類	백화점에는 여러 종류의 물건이 있어요. 百貨公司有各種種類的東西。
퇴근	图 下班	퇴근 시간에는 길이 막혀요. 下班時間路上很堵。
같이	副 一起	주말에 친구하고 같이 영화를 보려고 해요. 我打算週末和朋友一起看電影。
일찍	副 早、提早	저는 아침 6시에 일찍 학교에 가요. 我早上 6 點提早去學校。
가르치다	動 教授	선생님은 한국어를 가르쳐요. 老師教韓語。
다니다	動 上、去	아버지는 회사에 다녀요. 父親在公司上班。
지내다	動 過、度過	한국에서 지낸 기간이 얼마나 되세요? 您在韓國生活多久了?
취직하다	動 就業、就職	올해 대학교를 졸업하고 회사에 취직했어요. 今年大學畢業之後就在公司工作了。
심심하다	動 無趣、無聊	저는 주말에 친구가 없어서 심심해요. 我週末沒有朋友,所以很無聊。
혼자	图/副 自己	저는 혼자 살고 있어요. 我自己生活。

🌱 必考文法

V-(으)ㄹ 줄 알다/모르다	表示對做某事的方法或狀態很清楚或不知道。 📝 저는 운전할 줄 압니다. 我會開車。 　　저는 김치를 담글 줄 모릅니다. 我不會醃製辛奇。
V-(으)ㄴ 지	表示完成某事到現在過了多長時間。通常用作「-(으)ㄴ 지 + (時間)이/가 + 지났다/되었다」的形態。 📝 한국에 온 지 1년이 지났습니다(되었습니다). 　　我來韓國一年了。
A-군요 V-는군요	用於話者對剛剛知道的新事實表示感嘆。與名詞連用時，用作「N(이)군요」的形態。 📝 여자 친구가 정말 예쁘군요. 你女朋友真漂亮啊。 　　매운 음식을 아주 잘 먹는군요. 原來你這麼會吃辣。 　　남자 친구가 한국 사람이군요. 原來你男朋友是韓國人啊。
A-아/어하다	與「좋다、싫다、밉다、예쁘다、귀엽다、두렵다、무섭다、어렵다、행복하다、피곤하다」等表達情感、感受的形容詞相連接，作為以行動表示他人感情、感受的動詞使用。 📝 나는 민수를 좋아합니다. 我喜歡民秀。 　　민수 씨가 너무 피곤해합니다. 民秀非常疲倦。

27-28

這個題型聆聽對話內容後，一題要選出對話內容的主題，另一題要選出與內容相符的選項。對話形式是 A1–B1–A2–B2–A3–B3，共兩道題目。這兩題會考將來的計畫、休閒活動或嘗試新事物等主題，如放假計畫、百貨公司商品換貨、到郵局寄包裹等。因此常會出現「–아／어 보다」、「–（으）려고 하다」、「–（으）ㄹ 수 있다／없다」等文法型態。

27 選出對話的主題

這道題目要從兩人的對話內容找出主題。希望考生聆聽對話內容前，可以先把選項看過一遍。透過選項反覆出現的單字或表現，可推測出可能會出現什麼樣的對話內容。此外，選項會透過「人、做的事情、場所（地點）、方法、時間（期間）」等提示對話內容在講什麼。希望考生可以想著選項提示的「什麼」，然後仔細聽對話內容。通常主要話題會在 A2–B2–A3，如果仔細聽這邊在講什麼，就能知道這段對話的主題。

28 選出與對話內容相符的選項

這題必須仔細聽完整個對話，然後進行分析。選項主要會說明男子跟女子的行動。因此，請仔細聽男子跟女子做了什麼樣的行為，還有他們想要做什麼樣的行為。考生可以把跟聽力內容不一致或沒有提到的選項刪除，用刪去法來找答案。

此外，選擇答案時，時制很重要。希望考生先掌握選項的內容是過去時制、現在時制還是未來時制，然後聽對話內容並找出答案。下列是選項經常用來表時制的文法。

過去時制	-았/었습니다
現在時制	-ㅂ/습니다, -고 있습니다
未來時制	-(으)ㄹ 겁니다/것입니다, -(으)려고 합니다
其他	-고 싶어 합니다

27-28

23.mp3

🔍 題目解析

考古題

※[27~28] 다음을 듣고 물음에 답하십시오.

> 남자: 요즘 퇴근 후에 뭐 해요? 매일 일찍 나가는 것 같아요.
>
> 여자: 아, 집 근처 가구 만드는 곳에 가서 책상을 만들고 있어요.
>
> 남자: 책상요? 책상을 사지 않고 만들어요?
>
> 여자: 네. 좀 큰 책상을 갖고 싶어서 시작했는데 아주 재미있어요. 그래서 다음에는 식탁도 만들어 보려고요.
>
> 남자: 그런 걸 할 줄 알아요? 나는 작은 상자도 못 만드는데…….
>
> 여자: 가구 만드는 곳에 가면 다 가르쳐 줘요. 하고 싶으면 같이 가요.

<TOPIK 37회 듣기 [27~28]>
- 나가다　出去
- 갖다　擁有
- 식탁　餐桌
- 상자　箱子
- 곳　地方
- 만들다　製作

27 두 사람이 무엇에 대해 이야기를 하고 있는지 고르십시오. 3점
   ① 가구를 사는 곳
   ② 회사의 퇴근 시간
   ③ 퇴근 후에 하는 일
   ④ 가구를 고르는 방법

27
分析內容
男子／女子：同事
男子問女子下班後去做什麼事情。女子回答他，她去製作家具的地方做書桌。對話內容在談論下班後做的事情。因此正確答案為③。

28 들은 내용과 같은 것을 고르십시오. 4점
   ① 여자는 집에서 책상을 만들고 있습니다.
   ② 남자는 책상 만드는 방법을 알고 있습니다.
   ③ 여자는 퇴근 후에 가구 만드는 곳에 갑니다.
   ④ 남자는 여자에게 식탁을 만들어 주려고 합니다.

   ① 집 근처 가구 만드는 곳
   ② 남자 ▷ 작은 상자도 못 만드는데
   ④ 여자 ▷ 다음에 식탁도 만들어 보려고요

28
分析內容
女子說她下班後會去家裡附近製作家具的地方做書桌。男子說自己別說書桌了，就連小桌子也不會做。因次正確答案為③。

24.mp3

模擬試題

※[27~28] 다음을 듣고 물음에 답하십시오.

> 여자: 한국어를 공부한 지 얼마나 됐어요? 한국어를 정말 잘하시네요.
>
> 남자: 어, 아니에요. 한국어를 배운 지 2년쯤 됐는데 아직 잘 못해요.
>
> 여자: 그렇군요. 그런데 한국어는 왜 배우세요?
>
> 남자: 한국 회사에 취직하고 싶어서 한국어를 배우고 있어요.
>
> 여자: 아, 그래요? 저는 한국 음식을 배우고 싶어서 한국에 왔어요. 그래서 한국어도 공부하고 한국 요리 학원도 다니고 있어요.
>
> 남자: 와, 한국 요리요? 재미있겠네요. 저도 불고기와 김치찌개 만드는 방법을 배워 보고 싶었는데.

27 두 사람이 무엇에 대해 이야기를 하고 있는지 고르십시오. 3점
① 한국에서 지낸 기간
② 한국어를 공부하는 이유
③ 한국 회사에 취직하는 방법
④ 앞으로 배울 한국 음식의 종류

28 들은 내용과 같은 것을 고르십시오. 4점
① 남자는 한국어를 공부한 지 1년이 지났습니다.
② 남자는 여자와 같이 요리 학원에 다닐 계획입니다.
③ 남자는 한국어 공부를 한 후에 한국 회사에 취직할 겁니다.
④ 남자는 불고기와 김치찌개를 만드는 방법을 알고 있습니다.

• 아직 還
• 잘 못하다 失誤、犯錯、不擅長
• 그렇다 那樣
• 요리 학원 烹飪學校
• 불고기 烤肉
• 김치찌개 辛奇湯
• 왜 為什麼
• 쯤 左右
• 계획 計劃
• 알다 知道

27
分析內容
男子為了在韓國公司就職學習韓語，而女子為了學做韓國料理學習韓語。所以正確答案為②。

28
分析內容
男子學習韓語已經 2 年左右了，學成以後打算去韓國公司工作。所以正確答案為③。

25.mp3

🖱 **實戰練習**

※[27~28] 다음을 듣고 물음에 답하십시오.

27 두 사람이 무엇에 대해 이야기를 하고 있는지 고르십시오. 3점
　　① 수영을 시작한 이유
　　② 살을 빼는 좋은 방법
　　③ 같이 운동하고 싶은 사람
　　④ 공원에서 할 수 있는 운동

28 들은 내용과 같은 것을 고르십시오. 4점
　　① 여자는 수영을 해서 날씬해졌습니다.
　　② 여자는 걷기 운동을 시작하려고 합니다.
　　③ 남자는 내일부터 운동을 시작할 겁니다.
　　④ 남자는 날마다 공원에 운동하러 갑니다.

※解答・解析・翻譯見 P.94

살 肉	빠지다 掉、脫落	예뻐지다 變漂亮	일 天	씩 每	걷기 운동 走路運動
빼다 去掉、去除	말다 不要、作罷	수영 游泳	날씬하다 苗 條	다이어트 減 肥	운동장 運動場

29-30

必考單字

경치	名 景色	설악산은 가을에 단풍이 들어서 경치가 좋아요. 雪嶽山秋天楓葉紅了，景色很不錯。
내용	名 內容	이 책의 내용은 재미있어요. 這本書的內容很有趣。
성함	名 姓名	그 분의 성함을 가르쳐 주세요. 請把那位的名字告訴我。
손님	名 客人	가게에 손님이 많아요. 店裡客人很多。
연락처	名 聯繫方式	전화번호나 주소와 같은 연락처가 있어요? 有電話號碼或地址等聯繫方式嗎？
예약	名 預約、預訂	아직 비행기 표 예약을 하지 않았어요. 還沒有預訂機票。
이름	名 名字	제 이름은 민수예요. 我的名字叫民秀。
전화번호	名 電話號碼	전화번호가 어떻게 되세요? 你的電話號碼是多少？
그러면	副 那麼	가: 다이어트를 하고 싶어요. / 나: 그러면 저하고 같이 운동해요. 가: 我想減肥。/ 나: 那就和我一起運動吧。
이미	副 已經	저는 그 일을 3일 전에 이미 알고 있었어요. 我三天前就已經知道那件事了。
교환하다	副 交換	모자가 커서 좀 작은 것으로 교환하고 싶어요. 帽子太大了，我想換小一點的。
싫어하다	副 討厭	저는 추운 계절을 싫어해요. 我討厭寒冷的季節。

앉다	動 坐	의자에 앉으세요. 請坐在椅子上。
이해하다	動 理解	이 책은 너무 어려워서 이해할 수 없어요. 這本書太難了，我理解不了。
입다	動 穿	저는 청바지를 입었어요. 我穿了牛仔褲。
환불하다	動 退款	지난주에 산 티셔츠가 작아서 돈으로 환불했어요. 上週買的 T 恤太小了，所以拿去退款了。
쉽다	形 容易、 簡單	시험 문제가 쉬워서 다 맞았어요. 考題很簡單，所以都答對了。
어렵다	形 難	한국어로 이야기하는 것이 어려워요. 用韓語聊天太難了。
유명하다	形 有名	한국의 김치는 외국에서도 유명해요. 韓國的辛奇在外國也很有名。
하얗다	形 白	어젯밤에 하얀 눈이 많이 내렸어요. 昨天下了好多潔白的雪。

必考文法

V-기가 쉽다/어렵다/힘들다	用於對某件事做出判斷。主要與「쉽다／어렵다／힘들다」等一起使用,「–기가」中的「가」可以省略。 예 이 음식은 매워서 먹기가 힘듭니다. 이 음식은 매워서 먹기 힘듭니다. 這個食物太辣了,沒辦法吃。
V-기 위해서	用來表示做某行動的目的。「–기 위해서」的「서」可以省略用作「–기 위해」、「–기 위하여」。與名詞一起使用時,用作「N을／를 위해서」。 예 저는 건강을 지키기 위해서 매일 2시간씩 운동을 합니다. 저는 건강을 지키기 위해 매일 2시간씩 운동을 합니다. 為了身體健康,我每天都運動兩個小時。 즐거운 한국 생활을 위해서 한국어를 열심히 공부합니다. 為了愉快的在韓國生活,我努力學習韓語。

29-30

這個題型聆聽對話內容後,一題要選出做該行動的理由,另一題要選出與內容相符的選項。對話形式是 A1–B1–A2–B2–A3–B3。通常會出現子女問題諮商、開戶諮詢、對配送延遲致歉等具有特定目的的對話內容。因此,掌握對話目的很重要。

29 選出「為什麼」這樣做的理由

這個題型要選出男子/女子為何做某項行動的理由。希望考生聆聽對話內容前,可以先把選項看過一遍。透過選項反覆出現的單字或表現,可推測出女子或男子做了什麼樣的行為。「理由」通常會出現在 A1–B1–A2。只要仔細聆聽「–아/어서」、「–(으)려고」、「N때문에」等表理由的文法表現,就能輕鬆找到答案。

30 選出與聽力內容相符的選項

這題必須仔細聽完整個對話,然後進行分析。選項主要會說明男子跟女子的行動。因此,請仔細聽男子跟女子做了什麼樣的行為,還有為什麼他們要做那項行為。考生可以把跟聽力內容不一致或沒有提到的選項刪除,用刪去法來找答案。

此外,選擇答案時,時制很重要。希望考生先掌握選項的內容是過去時制、現在時制還是未來時制,然後聽對話內容並找出答案。

29 - 30

26.mp3

🔍 題目分析

考古題

※[29~30] 다음을 듣고 물음에 답하십시오.

> 여자: 선생님, 안녕하세요? 요즘 저희 아이가 책을 잘 안 읽어요. ☆그래서 걱정이 돼서 왔어요.
>
> 남자: 네. 여기 앉으세요. (잠시 쉬고) 음⋯⋯. 아이가 책을 읽는 걸 싫어하면 만화책부터 보여 주는 건 어떨까요?
>
> 여자: 만화책요? 그러면 아이가 만화책만 좋아하지 않을까요?
>
> 남자: 아니에요. 만화책이 책을 읽는 데 도움이 돼요. 만화책에서 본 내용이 재미있으면 다른 책도 찾아서 읽게 되니까요.
>
> 여자: 아, 그러면 책 읽는 습관을 기를 수 있어서 좋을 것 같네요.
>
> 남자: 네. 또 어려운 내용을 쉽게 이해할 수 있어서 공부에 도움도 돼요. 그래서 요즘 아이들은 만화책을 많이 읽어요.

29 여자는 왜 남자를 찾아왔는지 맞는 것을 고르십시오. `3점`
① 만화책을 읽고 싶어서
② 아이가 공부를 잘 못해서
③ 아이가 책 읽기를 싫어해서
④ 만화책의 좋은 점을 알고 싶어서

30 들은 내용과 같은 것을 고르십시오. `4점`
① 요즘 아이들은 만화책을 읽지 않습니다.
② 만화책으로는 어려운 내용이 이해하기 힘듭니다.
③ 책 내용이 재미있으면 만화책을 찾아서 읽습니다.
④ 만화책을 읽으면 책 읽는 습관을 기를 수 있습니다.

> ① 요즘 아이들은 만화책을 많이 읽어요
> ② 어려운 내용을 쉽게 이해할 수 있어서
> ③ 만화책에서 본 내용이 재미있으면 책을 찾아서 읽습니다

〈TOPIK 41회 듣기 [29~30]〉
• 아이 孩子
• 걱정이 되다 擔心
• 만화책 漫畫書
• 도움이 되다 有幫助
• 다른 別的、其他的
• 습관을 기르다 培養習慣
• 좋은 점 優點、好處

29
分析內容
女子：母親／男子：老師
女子跟男子說，她因為擔心自己的孩子不念書所以來找他。正確答案為③。

30
分析內容
男子說，如果孩子不喜歡讀書的話，可以從漫畫書開始引導孩子，這種方法會很有幫助。漫畫書的內容很有意思，所以孩子在讀了漫畫書以後，自然會去找別的書來讀。正確答案為④。

27.mp3

※[29~30] 다음을 듣고 물음에 답하십시오.

> 여자: 손님, 어서 오세요. 뭐 찾으시는 거 있으세요?
>
> 남자: 지난주에 여기에서 선물하려고 산 원피스인데요. 환불을 하고 싶어서요.
>
> 여자: 아, 이 옷이 마음에 안 드세요?
>
> 남자: 아닙니다. 여자 친구를 주려고 샀는데 지난 주말에 헤어졌어요.
>
> 여자: 손님, 죄송합니다. 환불은 안 되고 교환은 되는데요. 교환해 드릴까요? 이 티셔츠 한 번 입어 보세요. 손님 얼굴이 하얘서 잘 어울릴 것 같아요.
>
> 남자: 그래요? 그럼 그 티셔츠로 주세요.

- 선물하다 送禮物
- 원피스 連身裙
- 마음에 (안) 들다 喜歡/不喜歡，合心意/不合心意
- 헤어지다 分手、分開
- 티셔츠 T 恤
- 얼굴 臉
- 잘 어울리다 合適
- 여자 친구 女朋友
- 옷 衣服

29 남자는 왜 옷을 환불하려고 하는지 맞는 것을 고르십시오. 3점

① 여자 친구가 마음에 안 들어 해서
② 여자 친구에게 티셔츠를 선물하려고
③ 선물하려고 한 여자 친구와 헤어져서
④ 원피스를 환불하고 하얀 티셔츠를 사려고

29
分析內容
女子：店員 / 男子：顧客
上週男子為了送女朋友禮物買了一條連身裙。但是後來因為與女朋友分手所以來把裙子退掉。因此正確答案為③。

30 들은 내용과 같은 것을 고르십시오. 4점
① 남자는 지난주에 원피스를 환불했습니다.
② 남자는 원피스를 티셔츠로 교환할 겁니다.
③ 남자는 여자 친구와 함께 교환하러 왔습니다.
④ 남자는 여자 친구에게 다른 옷을 선물할 겁니다.

30
分析內容
雖然男子想退貨，但女子說不能退款，跟男子推薦了 T 恤，男子抱持著自暴自棄的心情換了 T 恤。正確答案為②。

29-30

實戰練習

※[29~30] 다음을 듣고 물음에 답하십시오.

29 남자는 여자에게 왜 전화를 했는지 맞는 것을 고르십시오. 3점
　　① 경치가 좋은 방을 예약하려고
　　② 이번 주말에 제주도에 가려고
　　③ 예약한 이름과 연락처를 알려 주려고
　　④ 예약한 날짜를 다른 날짜로 바꾸려고

30 들은 내용과 같은 것을 고르십시오. 4점
　　① 경치가 좋은 방은 예약하기 힘듭니다.
　　② 예약한 호텔은 날짜를 바꿀 수 없습니다.
　　③ 제주도에 가기 위해서 호텔을 예약합니다.
　　④ 예약한 호텔 근처에는 유명한 장소가 많습니다.

※解答・解析・翻譯見 P.94

여행사 旅行社	이번 這次	호텔 酒店	갑자기 突然	생기다 生、長	다음 下一個
말씀하다 說話（尊待語）	방 房間	분 位	좀 一點、稍微	주변 周邊、周圍	

〈 聽力考古題與模擬試題參考翻譯 〉

考古題 1

女子：這是筆記本嗎？
男子：＿＿＿＿＿＿＿＿＿＿＿。

①是，是筆記本。　　　　②是，沒有筆記本。
③沒有，筆記本很便宜。　④沒有，筆記本很大。

考古題 2

男子：蘋果便宜嗎？
女子：＿＿＿＿＿＿＿＿＿＿＿。

①是，蘋果很小。　　②是，我們有蘋果。
③不，蘋果很貴。　　④不，這不是蘋果。

考古題 3

男子：你要買什麼？
女子：＿＿＿＿＿＿＿＿＿＿＿。

①要買兩個。　　②我要買錢包。
③我周末要買。　④我要去市場買。

考古題 4

男子：你在學什麼運動？
女子：＿＿＿＿＿＿＿＿＿＿＿。

①我早上學。　　②我在學游泳。
③我跟朋友學。　④我在運動場學。

模擬試題 1

女子：你有原子筆嗎？
男子：＿＿＿＿＿＿＿＿＿＿＿。

①對，是原子筆。　　②對，不是原子筆。
③不，我沒有原子筆。④不，原子筆很多。

模擬試題 2

男子：你有很多朋友嗎？
女子：＿＿＿＿＿＿＿＿＿＿＿。

①是，是朋友。　　②是，我跟朋友見面。
③沒有，我朋友不多。④沒有，我喜歡朋友。

模擬試題 3

男子：你昨天在哪裡？
女子：＿＿＿＿＿＿＿＿＿＿＿＿。

①在書桌上。　　　　　　②在公園。
③周末的時候。　　　　　④我跟弟弟在一起。

模擬試題 4

男子：你在這間學校上學上了多久？
女子：＿＿＿＿＿＿＿＿＿＿＿＿。

①上了 6 個月。　　　　　②我早上上課。
③我跟朋友一起讀書。　　④我在圖書館念書。

考古題 5

女子：初次見面。
男子：＿＿＿＿＿＿＿＿＿＿＿＿。

①對不起。　　　　　　　②謝謝。
③請慢走。　　　　　　　④很高興見到您。

考古題 6

男子：喂？請問是金美秀的家嗎？
女子：＿＿＿＿＿＿＿＿＿＿＿＿。

①是，請問有什麼事？　　②是，我知道了。
③是的，在這裡。　　　　④是，請進。

模擬試題 5

女子：下次見。
男子：＿＿＿＿＿＿＿＿＿＿＿＿。

①沒關係。　　　　　　　②很高興見到您。
③歡迎光臨。　　　　　　④請慢走。

模擬試題 6

男子：對不起，最近太忙了所以沒能聯絡你。
女子：＿＿＿＿＿＿＿＿＿＿＿＿。

①對不起。　　　　　　　②謝謝。
③沒關係。　　　　　　　④恭喜。

考古題 7

> 男子：快點來，電影要開始了。
> 女子：好的，我馬上過去。

①劇場　　　　　　　　　　②書店
③藥局　　　　　　　　　　④市場

考古題 8

> 男子：（醫師口吻）你哪邊不舒服？
> 女子：我從昨天開始就在頭痛發高燒。

①餐廳　　　　　　　　　　②公司
③銀行　　　　　　　　　　④醫院

考古題 9

> 男子：請問您的頭髮想要怎麼用？
> 女子：請幫我剪短。

①乾洗店　　　　　　　　　②郵局
③美容院　　　　　　　　　④便利商店

考古題 10

> 男子：我兩小時前降落，可是我的行李還沒出來。
> 女子：這樣啊？請讓我看一下您的機票。

①店鋪　　　　　　　　　　②機場
③郵局　　　　　　　　　　④旅行社

模擬試題 7

> 女子：請問這頂帽子有別的顏色嗎？
> 男子：有，請問這個怎麼樣？

①餐廳　　　　　　　　　　②店鋪
③書店　　　　　　　　　　④美容院

模擬試題 8

> 女子：請問我明天幾點之前必須退房？
> 男子：中午 12 點之前。退房時請務必將鑰匙交還給櫃檯。

①酒店　　　　　　　　　　②醫院
③機場　　　　　　　　　　④麵包店

模擬試題 **9**

> 男子：請問我的信什麼時候會到？
> 女子：現在寄的話，禮拜五會到。

①旅行社　　　　　　　　②郵局
③火車站　　　　　　　　④博物館

模擬試題 **10**

> 女子：我們吃辛奇鍋怎麼樣？
> 男子：我沒辦法吃辣，我們吃別的吧。

①餐廳　　　　　　　　　②市場
③便利商店　　　　　　　④咖啡廳

考古題
11～14

> 男子：你弟弟幾歲？
> 女子：小我兩歲。

①年紀　　　　　　　　　②號碼
③日期　　　　　　　　　④時間

模擬試題
11～14

> 女子：這個味道怎樣？
> 男子：真的很好吃，不過有點辣。

①心情　　　　　　　　　②食物（餐點）
③讀書　　　　　　　　　④照片

考古題
15～16

> 女子：請起床吃飯。
> 男子：我太累了，我再睡一下。

模擬試題
15～16

> 女子：請看一下這邊的鏡子。您滿意嗎？
> 男子：不錯，好像很適合我。

考古題
17～21

> 女子：請讓我看一下適合我家孩子騎的腳踏車。
> 男子：是這位小朋友要騎的嗎？請在這邊挑選看看。
> 女子：這台黃色腳踏車真漂亮，請給我們這一台。啊，不過它的椅子對我家孩子來說是不是太高了？
> 男子：是偏高，不過這孩子騎的時候不會有任何不便。

女子：（電話鈴聲）喂？民秀，不好意思放假還打給你。你可以告訴我明天文化課的上課地點跟時間嗎？
男子：啊，抱歉。我現在在外面，我回家確認後會馬上回電給妳。
女子：如果你在忙，還是我問問其他人呢？
男子：沒事的，我十分鐘後就到家了。

女子：民秀，你有看昨天的足球比賽嗎？
男子：有，我跟朋友看得很開心。我國隊伍贏了所以更高興。秀美你也有看嗎？
女子：我也看了。我們有一位選手受傷，我還很擔心呢，幸好最後贏了。要是下一場比賽也能贏就好了，應該沒問題吧？
男子：有可能嗎？下一支隊伍非常厲害。

男子：你們學校離地鐵站好近，而且學校前面還有一個大公園。
女子：所以我們學校很受外國留學生歡迎。
男子：是啊，交通便利，飯後還可以散散步。要是我們學校也有這樣的地方就好了。
女子：我也是朋友跟我介紹才來的，似乎真的來對了。

女子：各位，請到這邊來。現在大家看到的這個是以前的鞋子。以前的人只要下雨就會穿這雙鞋，因為鞋子的前後比地面高，所以下雨時腳不會被水淋濕。而且鞋子是用輕巧的木頭製成，穿著不會有任何不便。男人跟女人的鞋子外型有些不同，女人的鞋子繪有花朵圖案，做得很漂亮。如果大家都看到了，我們接著往旁邊移動。

女子：（叮咚噹）大家好，這裡是公寓管理室。下星期二 19 號到下星期四 21 號是中秋連假，不會有人來收廚餘，請大家於次日 22 號星期五再扔廚餘。抱歉造成各位生活上的困擾，普通垃圾依然可以每天丟棄。祝各位今天有個美好的一天，謝謝。（叮咚噹）

考古題
27〜28

男子：你最近下班都在做什麼啊？我看你好像每天都很早就走。
女子：啊，我去我家附近製作家具的地方做書桌。
男子：書桌嗎？書桌不用買的，用做的？

模擬試題
27〜28

女子：是啊，起初會開始是因為想要一張大一點的桌子，結果覺得很有趣。所以我下一個打算做餐桌。
男子：你知道餐桌怎麼做嗎？我連小桌子都不會……
女子：如果你去製作家具的地方，他們都會教。想做的話就一起去吧。

考古題
29〜30

女子：你學韓語多久了？韓語真的說得很流利。
男子：哦，沒有。我學韓語大約才兩年，還說得不太好。
女子：原來是這樣，不過你怎麼會想學韓語？
男子：我想在韓國公司工作所以學韓語。
女子：啊，這樣呀。我是因為想學習韓國料理所以來到韓國。所以一邊學韓語，一邊上韓國的烹飪學校。
男子：哇，韓國料理嗎？想必很有趣。我也想學烤肉跟辛奇鍋的烹飪方法。

模擬試題
29〜30

女子：老師，您好。最近我家孩子不太看書，我有點擔心所以來找您。
男子：是，您這邊請坐。（稍微休息片刻）嗯……如果孩子討厭看書的話，先讓他看漫畫書如何？
女子：漫畫書嗎？這樣孩子不會只喜歡漫畫嗎？
男子：不會，漫畫書對讀書是有幫助的。如果孩子覺得漫畫書裡面的內容有趣，就會自己主動去找其他書來看。
女子：啊，這樣的話，可以培養閱讀習慣似乎不錯。
男子：是，而且也比較容易理解困難的內容，對學習也有幫助。所以最近的孩子都看很多漫畫書。

〈 聽力測驗實戰練習解答、解析與參考翻譯 〉

答案總表

1.④	2.④	3.④	4.②	5.②	6.①	7.①	8.②	9.③	10.④
11.③	12.④	13.①	14.②	15.②	16.③	17.④	18.①	19.③	20.②
21.③	22.②	23.②	24.③	25.①	26.③	27.②	28.③	29.④	30.③

1

여자: 이거 가방이에요?
남자: ＿＿＿＿＿＿＿＿＿＿＿＿＿

女子：這是包包嗎？

這題在問「這是包包嗎?」如果回答「네」，後面接「가방이에요.」。如果回答「아니요」，後面接「가방이 아니에요.」。因此正確答案為④。

2

남자: 커피가 맛있어요?
여자: ＿＿＿＿＿＿＿＿＿＿＿＿＿

男子：咖啡好喝嗎？

這題在問「咖啡好喝嗎?」如果回答「네」，後面可以回答跟問句一樣的句子，接「커피가 맛있어요.」。如果回答「아니요」，後面可以回答「커피가 맛없어요.」。否定回答經常使用如맛있다-맛없다這種反義詞。正確答案為④。

3

남자: 몇 명이 여행할 거예요?
여자: ＿＿＿＿＿＿＿＿＿＿＿＿＿

男子：有幾個人要去旅行？

這題在問「有幾個人要去旅行?」因為題目在問人數，只要選擇如「두 사람」這種結合數量跟單位的答案就可以了。名詞單位可以用「명」或是「사람」。正確答案為④。

4

남자: 이 식당은 어때요?
여자: ＿＿＿＿＿＿＿＿＿＿＿＿＿

男子：這家餐廳怎麼樣？

這題在問餐廳如何。因為「어때요」問的是餐廳設施跟餐點品質，所以只要選擇「맛있다」作為答案即可。正確答案為②。

5

> 여자: 도와줘서 고마워요.
> 남자: _____

女子：謝謝您的幫忙。

女子正在表達謝意。這種情況下，主要會回答「아니에요」、「별말씀을요」等話。因此正確答案為②。

6

> 남자: 수미 씨, 전화 왔어요. 받으세요.
> 여자: _____

男子：秀美，你的電話，請接電話。

男子接了打給秀美的電話，想把電話轉過去，所以喊了秀美。遇到這種情況，可以回答「네, 잠깐만요.」、「네, 잠시만요.」、「네, 알겠어요.」。因此正確答案為①。

7

> 남자: 이 책을 찾는 거지요?
> 여자: 네, 그 책 맞아요. 얼마예요?

男子：你在找這本書吧？
女子：對，是那本書。請問多少錢？

女子在書店買書。男子找到女子想買的書，跟女子確認。女子確認書之後便詢問書的價錢。因此正確答案為①。

8

> 여자: 이 돈을 한국 돈으로 좀 바꿔 주세요.
> 남자: 네, 얼마나 바꿔 드릴까요?

女子：請幫我把這些錢換成韓幣。
男子：好的，您要換多少？

女子正在銀行換錢。透過「한국돈」、「바꾸다」等表現可以推測出地點在「銀行」，因此正確答案為②。

9

> 남자: 공책은 어디에 있어요?
> 여자: 저쪽으로 가면 있습니다.

男子：筆記本在哪裡？
女子：往那邊走就會看到了。

客人（男子）在文具店裡向店員（女子）詢問筆記本在哪。透過「공책」、「저쪽에 있다」等表現可以推測出地點在文具店。因此正確答案為③。

10

여자: 이거 재미있는데 이거 먼저 탈까요?
남자: 이거는 무서우니까 다른 거 타러 가요.

女子：這個滿有趣的，要先坐這個嗎？
男子：這個有點可怕，我們去坐別的吧。

遊樂場裡，女子邀請男子一同搭乘她覺得有趣的遊樂器材。然後男子說那個遊樂器材有點可怕，邀請女子一起去搭別的。透過「타다」、「재미있다」、「무섭다」等表現可以推測地點是在「遊樂場」。正確答案為④。

11

여자: 무슨 일을 하세요?
남자: 저는 의사예요. 병원에서 일해요.

女子：您從事什麼工作？
男子：我是醫生，在醫院工作。

女子詢問男子從事什麼工作，男子正在回答。這題的核心單字是「일」、「의사」、「일하다」。透過核心單字，可以得知兩人正在談論男子的工作。因此正確答案為③。

12

남자: 저는 4월 15일에 태어났어요.
여자: 그래요? 저도 같은 날 태어났어요.

男子：我是 4 月 15 號出生的。
女子：真的啊？我也是同一天出生的。

兩人正在談論出生日期。本題的核心單字是「4월 15일」、「날」、「태어나다」。如果只想到「4월 15일」跟「날」，可以認為「날짜」是正確答案。可是因為兩人都有使用的「태어나다」是最重要的核心單字，所以正確答案必須選「생일」。正確解答為④。

13

남자: 이거 다 읽었어요?
여자: 네, 지난 주말에 읽었는데 별로 재미없어요.

男子：你都看完了嗎？
女子：是的，我上週讀的，有點無聊。

男子在問女子是否讀過這個，女子正在回答他。本題的核心單字是「읽다」、「재미없다」。尤其兩人都有講到「읽다」這個字，可以得知們在談論的是「書」。正確答案為①。

14

남자: 옷, 가방, 신발……. 이렇게 많이 사요?
여자: 남대문 시장에서 사면 싸니까 괜찮아요.

男子：衣服、包包、鞋子……你買這麼多啊？
女子：我在南大門市場買的，很便宜，沒關係。

男子在擔心女子買太多東西，女子正在說買很多東西的原因。衣服、包包、鞋子是女子的購物品項，本題的核心單字是「사다」、「시장」、「싸다」，透過核心單字可以得知兩人正在談論購物相關事宜，因此正確答案為②。

15

남자: 어떻게 해 드릴까요?
여자: 이 사진처럼 예쁘게 잘라 주세요.

男子：你想怎麼剪？
女子：請幫我剪得像這張照片一樣漂亮。

地點：美容院／男子：美髮師／女子：客人
女子正在告訴男子她想要剪的髮型。透過女子說的「이 사진처럼」，可以推測女子拿照片給男子看。藉由「예쁘게 잘라 주세요」這句話可以得知，這是在美容院裡剪髮前的情境。因此正確答案為②。

16

남자: 다 고쳤으니까 한번 확인해 보시겠어요?
여자: 네. 잘 되네요. 앞으로 조심해서 써야겠어요.

男子：都修好了，您要不要確認一下？
女子：好的，都正常了。我以後得小心使用。

地點：電腦維修中心／男子：維修人員／女子：維修中心顧客
選項①、②描述的是電腦賣場的場景，選項③是電腦維修中心，選項④是女子打電話給維修中心（男子）的場景。通過男子的「고치다」、「확인하다」還有女子的「잘 되다」等表現可以得知兩人處於同一個場所，而這個地方就是維修中心。男子幫忙修理女子的東西（筆電），然後女子確認有沒有修好。因此正確答案為③。

17

남자: 1시 30분에 경주 가는 버스, 두 명이요.
여자: 네, 손님. 잠시만요. (키보드 두드리는 소리) 한 자리밖에 없는데요.
두 분이 가시려면 1시 50분 버스를 타셔야 합니다.
남자: 그래요? 그럼 그거 2장 주세요.

男子：請給我兩張 1 點 30 分開往慶州的巴士票。
女子：好的，客人，請稍等。（敲鍵盤的聲音）只剩一個位子了，如果兩位要搭車，必須搭 1 點 50 分那班巴士。
男子：這樣啊？那麼請給我兩張 1 點 50 分的票。

男子：客人／女子：售票員
男子想要買兩張 1 點 30 分開往慶州的巴士票。但是如果兩個人要一起搭車，就必須搭 1 點 50 分那班。所以男子買了 1 點 50 分的車票。正確答案為④。

18

남자: 수미 씨는 요즘 주말에도 바쁜 것 같아요.
여자: 네, 좀 바빠요. 토요일마다 1박 2일로 떠나는 여행 모임이 있어서요.
남자: 와. 저는 일이 많아서 일 년에 한 번도 못 가는데, 정말 재미있겠네요.
여자: 네, 처음 가는 곳이 많아서 더 재미있어요.

男子：秀美，你最近似乎周末也很忙。
女子：是啊，有點忙。因為我每週六都有兩天一夜的旅行聚會。
男子：哇，我因為工作忙，一年沒去旅行了，一定很有趣。
女子：是啊，很多地方我第一次去，所以更有趣了。

女子說她每周六都有兩天一夜的旅行聚會，很忙。因此正確答案為①。

19

여자: 안녕하세요? 태권도를 좀 배우려고 하는데요.
남자: 아, 그래요. 그러시면 여기 신청서부터 좀 써 주시겠어요?
여자: 회사가 저녁 7시쯤 끝나는데 저녁반은 몇 시에 시작해요?
남자: 7시 30분에 시작하니까 끝나고 오시면 되겠네요.

女子：您好，我想學跆拳道。
男子：啊，這樣啊。那麼這張申請書請先幫我填一下。
女子：我們公司大約晚上七點下班，請問晚上的班是幾點開始？
男子：七點半開始，所以您下班後過來就可以了。

女子：顧客／男子：跆拳道教練
女子想要在晚上七點後學跆拳道。因為晚上的班七點半開始，所以她可以下班後去學跆拳道。正確答案為③。

20

> 여자: 민수 씨, 어제 이메일 보냈는데 봤어요?
> 남자: 아니요, 아직 못 봤어요. 그런데 무슨 일 있어요?
> 여자: 이번 주 토요일에 집들이를 하는데 친구들을 초대하려고요. 올 수 있지요?
> 남자: 이번 주 토요일이요? 토요일에는 중요한 약속이 있는데……. 미안해요.

女子：民秀，我昨天寄 E-MAIL 給你，你有看到嗎？
男子：沒有，我還沒看到。不過，怎麼了嗎？
女子：我這周六要辦喬遷宴，想招待朋友。你能來吧？
男子：這周六嗎？我這周六有重要的約會……對不起。

女子／男子：朋友
女子寄了喬遷宴的邀請 E-MAIL 給男子，雖然男子還沒收信，不過女子再次邀請他。因此正確答案為②。

21

> 남자: 다음 주 일요일에 마이클 씨가 고향으로 돌아가요. 마이클 씨와 친구들을 초대하면 어떨까요?
> 여자: 그래요. 좋은 생각이에요. 그런데 함께 모여서 뭘 하면 좋겠어요?
> 남자: 맛있는 한국 음식을 한 개씩 만들어 와서 파티를 하면 어때요?
> 여자: 좋아요. 마이클 씨는 잡채를 좋아하니까 저는 잡채를 준비할게요.

男子：下週日麥克要回老家，我們邀請麥克跟其他朋友來玩怎麼樣？
女子：好啊，這主意不錯。不過，大家聚在一起做什麼好？
男子：我們各做一道美味的韓國料理帶來辦個派對如何？
女子：好啊，麥克喜歡雜菜，我來準備雜菜。

女子／男子／（麥克）：朋友
男子向女子提議，為了要回老家的麥克，兩人各做一道美味的韓國料理來舉辦派對。女子說她會做麥克喜歡的雜菜，因此正確答案為③。

22

> 여자: 우리 이제 그만 가요. 백화점 구경을 3시간이나 했어요.
> 남자: 세일 기간이라서 싼 물건도 많은데 조금만 더 구경하고 가요.
> 여자: 당신처럼 쇼핑을 좋아하는 남자도 없을 거예요. 저는 이제 힘들어서 빨리 갔으면 좋겠 어요.
> 남자: 알겠어요. 이것만 보고 갈게요.

女子：別再逛了，我們已經逛百貨公司逛三小時了。
男子：現在是打折期間，有很多便宜商品，多看一會再走吧。
女子：我想沒有其他男人比你更愛逛街了，我現在覺得很累，想快點離開。
男子：知道了，看完這個就走。

女子：妻子／男子：丈夫
這題必須選出女子的中心思想。女子在第二段對話裡說「이제 힘들어서 빨리 갔으면 좋겠어요.」表達自己想要快點回家，因此正確答案為②。

23

남자: 오늘 영화 정말 재미있었지요?
여자: 네, 정말 재미있었어요. 그런데 팝콘 값을 보고 깜짝 놀랐어요. 어떻게 영화 표보다 더 비싸요?
남자: 맞아요. 팝콘 값이 좀 비싸죠. 그래도 영화 볼 때 팝콘이 있어야죠.
여자: 저도 팝콘을 좋아하지만 가격을 좀 내려야 하지 않을까요?

男子：今天的電影真的很有趣對吧？
女子：是的，真的很有趣。不過我看到爆米花的價格嚇了一跳，怎麼會比電影票還貴。
男子：是啊，爆米花的價錢是有點貴，不過看電影的時候還是得要有爆米花。
女子：雖然我也喜歡爆米花，但價格應該得便宜一點吧？

這題必須選出女子的中心思想。可以從女子在第二段對話裡說「가격을 좀 내려야 하지 않을까요?」得知，她希望爆米花的價格可以便宜一點。因此正確答案為②。

24

남자: 새로 이사 간 집은 마음에 들어요?
여자: 집은 깨끗하고 좋은데 아래층 화장실에서 담배를 피워서 냄새가 많이 나요. 어떻게 해야 할지 모르겠어요.
남자: 큰일이네요. 그럼 아래층 사람을 만나서 이야기해 보는 건 어때요?
여자: 생각 중이에요. 많은 사람이 사는 아파트에서는 담배를 안 피웠으면 좋겠어요.

男子：你滿意你的新家嗎？
女子：房子乾淨，也很好，但樓下的住戶在廁所裡抽菸，所以味道很重。我不曉得該怎麼辦。
男子：真麻煩啊，那麼，去跟樓下的住戶談談看如何？
女子：我正在考慮。希望抽菸的人不要在多人居住的公寓裡抽菸。

這題必須選出女子的中心思想。女子表示，雖然新家乾淨，房子很好，可是樓下住戶的二手菸飄上來讓她很擔心，還表示希望抽菸的人不要在很多人居住的公寓裡抽菸。因此正確答案為③。

[25~26]

여자: 신입생 여러분, 안녕하세요. 방금 본 공연이 어땠어요? 음악과 함께 하는 태권도 공연이 신나고 재미있지요? 저희는 태권도 동아리입니다. 매주 월요일과 수요일에 모여서 태권도를 배웁니다. 시간은 오후 5시부터 7시까지입니다. 그리고 한 달에 한 번 서울 공원에 가서 태권도 공연을 합니다. 태권도 동아리에 들어오세요. 여기 신청서가 있습니다. 대학 생활이 즐거울 거예요.

女子：各位新生們大家好，你們覺得剛才看到的表演如何？搭配音樂演出的跆拳道表演是不是讓人很興奮、很有趣呢？我們是跆拳道社團，每周一跟每周三會聚在一起學跆拳道。時間是下午五點至晚上七點。而且，我們每個月會去首爾公園進行一次跆拳道表演。請大家加入我們跆拳道社團，入社申請書在這邊。大學生活會很愉快喔。

25 女子在跆拳道表演結束後，向新生們詳細介紹跆拳道社團的社團時間、做的事情以及怎麼加入。因此正確答案為①。

26 女子在介紹的社團是跆拳道社團。跆拳道社團每周一跟周三會學習跆拳道。女子說「여기 신청서가 있습니다.」向新生介紹加入社團的方法。因此正確答案為③。

[27~28]

남자: 요즘 살도 빠지고 예뻐진 것 같아요. 무슨 좋은 일이 있어요?
여자: 고마워요. 매일 두 시간씩 공원에서 걷기 운동을 하고 있어요.
남자: 아, 저도 살을 빼야 하는데……. 걷기 운동 말고 또 뭐가 있어요?
여자: 수영도 좋은 것 같아요. 제 친구는 매일 수영을 해서 날씬해졌어요.
남자: 와, 그렇군요. 저도 다이어트를 위해서 빨리 운동을 시작해야겠어요.
여자: 좋은 생각이에요. 혼자 운동하기 심심했는데, 내일부터 같이 운동해요.

男子：你最近好像瘦了也變漂亮了。有什麼好事嗎？
女子：謝謝，我每天在公園走路運動兩小時。
男子：啊，我也應該要減肥的……不要走路運動，還有其他的運動嗎？
女子：游泳好像也不錯，我朋友每天游泳瘦下來了。
男子：哇，這樣啊。看來我也得為了減肥快點開始運動。
女子：這想法不錯。自己一個人運動很無聊，明天開始一起運動吧。

27 男子告訴女子她最近瘦了人也變漂亮了。女子說她最近在公園走路運動。男子問女子如果想減肥還有什麼運動可以做，女子回答說游泳也不錯。因此正確答案為②。

28 女子最近在公園走路運動，所以瘦了。男子說他也得為了減肥開始運動。女子向男子提議明天開始一起走路運動，因此正確答案為③。

여자: (전화 벨 소리 후) 안녕하십니까? 제주 여행사입니다.

남자: 안녕하세요. 제가 이번 주말에 호텔 예약을 했는데요. 이번 주에 갑자기 회사에 일이 생겨서 다음 주말로 바꾸고 싶은데요.

여자: 아, 그러세요. 그럼 성함과 연락처를 말씀해 주세요.

남자: 김민수입니다. 전화번호는 010-1234-4567입니다. 그리고 제가 예약한 방으로 다시 예약할 수 있을까요?

여자: (컴퓨터 입력 소리 후) 21일 토요일에 예약하셨네요. 그런데 손님이 예약한 방은 이미 다른 분이 예약하셨습니다. 그 방보다 더 경치가 좋은 방이 있습니다. 이 방으로 예약해 드릴까요?

남자: 네, 그 방으로 바꿔 주세요. 주변 유명한 장소도 좀 알려 주세요.

女子：（電話聲）您好，這裡是濟州旅行社。

男子：您好，我本來有預約這周末的酒店，可是這個星期公司突然有事，我想要改成下星期。

女子：啊，是的。請告訴我您的大名跟連絡電話。

男子：我叫金民秀，電話是 010-1234-4567。可以再幫我預定跟原本一樣的房間嗎？

女子：（電腦輸入聲）您原本是訂 21 號星期六，不過您預定的房間已經有其他客人預約了。還有另一間比您原本訂的那間房景色更好的房間，要幫您訂這間嗎？

男子：好的，請幫我換成那間。也請您幫我介紹一下周圍有名的景點。

29
女子：旅行社員工／男子：客人
男子本來這禮拜要去濟州島，訂了酒店，可是公司有事情去不了。所以他想把這星期訂的房間改到下星期。因此正確答案為④。

30
男子要去濟州島，訂了酒店。因此正確答案為③。

읽기 영역

TOPIK I
한 권이면 OK

1. 事先瞭解考試結構

— TOPIKI 中閱讀部分從第 31 題開始到第 70 題, 共有 40 道題，須要在 60 分鐘之內做完。題目從第 31 題開始，解題時把其當作第 1 題即可。所以從相對簡單的第 31 題開始到第 70 題，難度會逐漸增加。

— 31 題到 48 題為一道題目對應一個問題，這幾題會使用一級程度的字彙、文法，用兩到三個短句構成一道題目。

— 從第 49 題到 70 題中，除第 57、58 題為順序排列題外，都是一個題目對應兩個問題。句子的長度和數量也會逐漸增加。2 級的文法和詞彙也隨之出現, 難度有所增加。

— 雖然 31 題到 48 題的題目不難，但都是一道題目回答一個問題，即便句子短，解題也會花上不少時間。請考生集中注意力，做到精準、快速解題。如果從 49 題開始充分利用時間解題，就能取得高分。

TOPIK 考題選項①②③④在答案中的比例各佔 25%。因此，先從簡單的題目開始解題，剩餘較困難的題目若要猜題，最好可以選擇前面比較少回答的選項編號。

2. 用眼睛看，不用嘴巴讀

— 如果想解完 40 道題，時間可能會不夠。初級階段上閱讀課時，為了讓學生練習發音，常會叫學生大聲朗讀。不過這樣的習慣在考試時反而會造成阻礙，因為考試講求快速閱讀並掌握整體內容。此時重要的不是逐字閱讀，而是理解單字跟文法組成的句子還有句子跟句子連結組成的文章。

〈보기〉

1. 비/가 오/니/까/ 우/산/을/ 가/지/고/ 가/세/요./
2. 비가 오니까/ 우산을/ 가지고 가세요./

— 如果像〈보기1〉這樣逐字讀是無法理解內容在講什麼的，而且也很花時間。像〈보기2〉這樣以分寫法為單位，留意連結語尾跟終結語尾進行閱讀的話，就可以在短時間內理解內容並完成答題。希望各位考生可以花時間充分練習。

3. 事先掌握題型

— 審題之前先要對考題進行整體瞭解。歷屆 TOPIK 考試都會出現相同題型的考題。準確把握題目想要考察的考點非常關鍵。具體的說明可以參照〈題型分析〉。希望考生能夠仔細閱讀。

[31~33] 下面這段話的主題是什麼？請參照範例，選出正確答案。

[34~39] 參照範例，選出適合填入（　　）內的選項。

[40~42] 閱讀下面的內容，選出與文意不符的選項。

[43~45] 選出與文意相符的選項。

[46~48] 閱讀下面的內容並選出中心思想。

[49~50, 51~52, 53~54, 55~56] 請閱讀下面的內容並回答問題。

[57~58] 選擇正確的排序。

[59~60, 61~62, 63~64, 65~66, 67~68, 69~70] 閱讀下面的內容並回答問題。

— 31 到 33 題的題型主要會出現閱讀句子，然後從選項中找出相同主題的單字。因此與聽力測驗一樣，考生必須練習尋找意義相似的單字或相同主題的單字。與主題有關的單字都整理在〈題型分析〉，請考生務必熟記。

— 34 到 39 題必須從選項裡找出可填入（　　）內的正確單字。考生必須從中找出文法（助詞）、一級程度的名詞、動詞、形容詞、副詞以及不規則變化。唯有正確了解考題使用到的單字、文法意義與使用方法才有辦法解題。

— 40 到 42 題要閱讀廣告、公告、圖片或表格等提供資訊的內容，然後選出錯誤選項。重要的是，考生必須根據題型知道自己得注意哪些內容。〈題型分析〉整理了這部分各題型必須專心閱讀的重點。

— 43 到 45 題要閱讀考題然後選出與內容相符的選項。請考生務必留意「그리고」、「그래서」、「그러면」等連接副詞或是「이」、「그」、「저」等指示代名詞。

— 46 到 48 題要閱讀考題，然後從選項中選出該文章的中心思想。

— 49 題到 56 題，以及 59 題到 70 題都必須閱讀一篇文章回答兩道題目。第一道題目主要是從選項中選出正確的表現跟文法；第二道題目必須整體理解文章內容後進行解題。第一道題目須正確了解二級程度的文法意義跟使用方法，請考生務必熟記〈必考文法〉收錄的文法內容。

— 57 題到 58 題要把句子依照順序正確排列。考生須仔細留意連接副詞、表時間的名詞還有指示代名詞，將打散的句子組成一段自然的文章。

4. 事先掌握考題與選項內容再閱讀題目

— 閱讀文章前，必須先瀏覽一遍題目跟①②③④四個選項。先看過題目跟選項，想好自己必須從文章裡找出什麼內容然後再閱讀文章，就能快速解題。

— 如果選項內容與文章無關，可在選項旁打一個叉，這對快速答題有幫助。

5. 準確記憶詞彙和文法的含義

— 新 TOPIK 考試評分標準改革後，雖然取消了「字彙、文法」部分，但是對於初級考試 (TOPIKI) 來說，字彙和文法比中高級更重要。

— 閱讀測驗比聽力測驗考更多單字意義跟文法使用。〈必考單字〉、〈必考文法〉收錄了 TOPIK 考試中一定會考的內容，請考生務必熟記。

— 此外，69 題到 70 題會考的內容整理在〈必考文法〉中，是初級必須要懂的不規則動詞跟形容詞，這個部分請考生務必熟記。

31-33

✎ 必考單字

가족	名 家人、家庭	우리 가족은 아버지, 어머니, 저, 동생 4명입니다. 我家有爸爸、媽媽、我和弟弟（妹妹）四個人。
고향	名 故鄉、老家	저는 방학 때 고향에 돌아갑니다. 我放假的時候回老家。
날씨	名 天氣	오늘은 하늘이 맑고 날씨가 좋습니다. 今天天空晴朗，天氣很好。
날짜	名 日子、日期	가: 오늘 날짜가 며칠입니까? / 나: 오늘은 11월 1일입니다. 가: 今天（的日期）是幾號？/ 나: 今天是 11 月 1 號。
눈	名 雪	눈이 내려서 아이들이 눈사람을 만듭니다. 下雪了，孩子們在堆雪人。
방학	名 放假	내일부터 방학이라서 학교에 가지 않습니다. 明天開始放假，所以不去學校。
선물	名 禮物	친구에게 생일 선물을 주었습니다. 我送給朋友生日禮物。
쇼핑	名 購物	백화점에서 쇼핑을 합니다. 在百貨公司購物。
약속	名 約會	저는 주말에 친구와 약속이 있습니다. 我週末和朋友有約會。
여름	名 夏天	한국의 여름은 덥습니다. 韓國的夏天很熱。
여행	名 旅行	주말에 제주도 여행을 다녀왔습니다. 我週末去濟州島旅行。
옷	名 衣服	백화점에서 옷을 삽니다. 在百貨公司買衣服。
운동	名 運動	'축구, 수영, 테니스'는 모두 운동입니다. 足球、游泳、網球都是運動。

장소	名 場所、地點	약속 장소가 어디입니까? 約會地點是哪裡？
주말	名 週末	이번 주말에 부산으로 여행을 갑니다. 這個週末要去釜山旅行。
직업	名 職業	우리 형의 직업은 선생님입니다. 我哥哥的職業是醫生。
취미	名 興趣、愛好	제 취미는 요리입니다. 我的愛好是烹飪。
친구	名 朋友	제 친구는 한국 사람입니다. 我的朋友是韓國人。
학교	名 學校	오늘은 일요일이라서 학교에 안 갑니다. 今天是星期日，所以不去學校。
자주	副 經常	저는 영화를 자주 봅니다. 我經常看電影。
내리다	動 下	어제는 비가 내렸는데 오늘은 눈이 내립니다. 昨天下雨，今天下雪。
사다	動 買	시장에서 사과를 삽니다. 在市場買蘋果。
좋아하다	動 喜歡	저는 축구를 좋아합니다. 我喜歡足球。
춥다	形 冷	날씨가 추워서 옷을 많이 입었습니다. 因為天氣冷，所以穿了很多衣服。
오늘	名 / 副 今天	어제는 토요일이고 오늘은 일요일입니다. 昨天是星期六，今天是星期日。

N에	1. 表示某物所在的場所。常與「**있다、없다、많다**」等連用。 　예 책이 책상 위에 있습니다. 書在書桌上。 2. 表示某事發生的時期或時間。 　예 저는 아침 7시에 일어납니다. 我早上 7 點起床。 3. 與表數量的量詞一起使用，表示基準。 　예 볼펜 한 개에 1,000원입니다. 原子筆一支 1000 韓元。
N에 가다/오다/다니다	與表示場所的名詞連用，用來說明到達的地點。常與「**도착하다、올라가다/올라오다、내려가다/내려오다、들어가다/들어오다、나가다/나오다**」等移動動詞搭配使用。 　예 매일 학교에 갑니다. 每天去學校。
A/V-지 않다	表示對某行動或狀態的否定。與其相似的表達方式有「**안 A/V**」。 　예 일요일에는 학교에 가지 않습니다. 星期日不去學校。 　　일요일에는 학교에 안 갑니다. 星期日不去學校。

31-33

31~33 選出短文的主題

　　這個題型要閱讀文章，然後選出與文章相符的主題。題目會由兩個句子組成，考生必須在閱讀兩個句子的同時找出核心單字，透過核心單字掌握主題為何，接著再從選項中找出與主題相符的單字。此外，假如兩個句子有共同使用到的單字，該單字顯然是核心單字，考生可以透過核心單字輕鬆掌握主題。

　　題目會出現家庭、職業、國家、季節等各式各樣的主題。下表將出題頻率高的單字跟表現依照主題分類，請務必熟記。

主題	字彙與表現
家具	책상, 의자, 침대, 옷장, 책장
家人	할아버지, 할머니, 부모(아버지, 어머니), 형, 오빠, 누나, 언니, 동생
價格	원, 얼마, 가격, 싸다, 비싸다, 깎다
季節	봄, 여름, 가을, 겨울
故鄉	[도시 이름: 서울, 부산], ○○ 사람, 어디, 태어나다
水果	배, 수박, 사과, 포도, 딸기, 토마토, 바나나
交通	버스, 지하철, 자동차, 택시, 기차, 비행기, 타다, 내리다, 갈아타다
國籍、國家	[나라 이름: 한국, 중국, 미국, 일본, 베트남], ○○ 사람, 어느 나라, 오다
心情	좋다, 나쁘다, 기쁘다, 슬프다, 즐겁다, 행복하다, 화가 나다
年紀、年齡	○○(스무, 서른, 마흔) 살
天氣	덥다, 춥다, 따뜻하다, 시원하다, 맑다, 흐리다, 비가 오다, 눈이 오다, 바람이 불다
日期	달력, ○○월 ○○일, 언제, 며칠, 날, 어제, 오늘, 내일, 주말(토요일, 일요일), 휴일
身體	머리, 가슴, 배, 팔, 다리, 허리, 얼굴(눈, 코, 입, 귀)
照片	카메라(사진기), 찍다, 잘 나오다
生日	○○월 ○○일, 언제, 태어나다, 선물(을 주다/받다)
購物	가게, 시장, 백화점, 사다, 팔다, 싸다, 비싸다
時間	○○시, ○○분, 언제

用餐	아침, 점심, 저녁, 먹다, 드시다
旅行	가방, 여권, 카메라, 기차, 배, 비행기, 출발하다, 도착하다, 다녀오다
電影	극장, 영화관, 보다, 재미있다, 재미없다
衣服	치마, 바지, 티셔츠, 블라우스, 원피스, 양복, 입다, 벗다, 예쁘다, 멋있다, 어울리다, 잘 맞다
食物(味道)	[음식 이름: 김치, 불고기, 비빔밥], 먹다, 맛있다, 맛없다, 맛(달다, 짜다, 맵다, 쓰다, 시다)
職業	기자, 의사, 군인, 선생님, 간호사, 회사원, 경찰관, 요리사, 은행원, 미용사, 일하다
家	아파트, 거실, 방, 화장실, 부엌/주방, 살다, 넓다(크다), 좁다
書	서점, 도서관, 읽다, 재미있다, 재미없다, 쉽다, 어렵다
興趣、愛好	독서, 요리, 노래, 영화, 등산, 여행, 운동(수영, 농구, 축구, 야구, 테니스), 자주, 주로
學校	교실, 수업, 공부, 숙제, 선생님, 학생, 방학

31-33

考古題

※[31~33] 무엇에 대한 이야기입니까? <보기>와 같이 알맞은 것을 고르십시오. 각 2점

31~33

> 8월에는 수업이 없습니다. 학교에 가지 않습니다.

① 날짜　　② 방학　　③ 여행　　④ 약속

<TOPIK 41회 읽기 [32]>
- 월 月
- 수업 課

31~33
分析內容
通過「8월、수업이 없다、학교에 가지 않는다」等內容可以推斷出，短文內容是關於放假的。所以正確答案為②。

模擬試題

※[31~33] 무엇에 대한 이야기입니까? <보기>와 같이 알맞은 것을 고르십시오. 각 2점

31~33

> 형은 회사원입니다. 누나는 미용사입니다.

① 장소　　② 취미　　③ 직업　　④ 고향

- 형 哥哥（用於男性稱呼比自己年長的男性時）
- 누나 姐姐（用於男性稱呼比自己年長的女性時）
- 회사원 公司職員、上班族
- 미용사 美容師

31~33
分析內容
「회사원、미용사」都是指職業。也就是說，短文內容在講哥哥和姐姐的職業。所以正確答案為③。

※「형」和「누나」都是指家庭成員，所以如果選項中出現「가족」時，該選項也可以作為正確答案。

31-33

※[31~33] 무엇에 대한 이야기입니까? <보기>와 같이 알맞은 것을 고르십시오. 각 2점

31

> 오늘은 춥습니다. 눈도 내립니다.

① 여름　　　　② 날씨　　　　③ 방학　　　　④ 날짜

32

> 저는 농구를 좋아합니다. 제 친구는 독서를 자주 합니다.

① 학교　　　　② 운동　　　　③ 주말　　　　④ 취미

33

> 저는 옷을 삽니다. 제 동생은 구두를 삽니다.

① 사람　　　　② 가족　　　　③ 쇼핑　　　　④ 선물

※解答・解析・翻譯見 P.240

| 농구 籃球 | 독서 讀書 | 동생 弟弟、妹妹 | 구두 皮鞋 | 사람 人 | |

34-39

✏️ 必考單字

수업	图 課	학교에서 한국어 수업을 합니다. 在學校上韓語課。
시간	图 時間	시간을 몰라서 시계를 봅니다. 因為不知道時間，所以看錶。
시험	图 考試	내일 시험이 있어서 공부를 합니다. 明天有考試，所以讀書。
가끔	副 偶爾	저는 운동을 자주 하지만 친구는 가끔 합니다. 我經常運動，但是朋友偶爾運動。
너무	副 非常	밥을 많이 먹어서 배가 너무 부릅니다. 因為吃了很多飯，所以肚子很飽。
별로	副 不太	오늘은 별로 덥지 않습니다. 今天不太熱。
아주	副 非常	제 동생은 공부를 아주 잘합니다. 我弟弟學習非常好。
오래	副 很久	컴퓨터를 오래 하면 눈에 좋지 않습니다. 長時間用電腦對眼睛不好。
일찍	副 早	저는 아침 6시에 일찍 학교에 갑니다. 我早上 6 點早早去學校。
가르치다	動 教	선생님은 한국어를 가르칩니다. 老師教韓語。
걷다	動 走路	저는 집에서 회사까지 걸어서 갑니다. 我從家裡走路去公司。
그리다	動 畫	저는 그림 그리는 것을 좋아합니다. 我喜歡畫畫。
기다리다	動 等待	친구가 약속 시간에 안 와서 지금 기다리고 있습니다. 約定的時間到了，可是朋友還沒來，所以我在等他。

끝나다	動 結束	우리 회사는 일이 오후 6시에 끝납니다. 我們公司下午 6 點下班。
나오다	動 出來	영화가 끝나서 사람들이 극장에서 나옵니다. 電影結束了，所以人們都從電影院出來了。
도와주다	動 給予幫助	친구가 이사를 해서 제가 친구를 도와줬습니다. 朋友搬家，我去幫忙了。
만들다	動 製作	나무로 종이를 만듭니다. 用木頭做紙。
모르다	動 不知道	저는 그 사람의 얼굴은 알지만 이름은 잘 모릅니다. 我雖然知道那個人的長相，但不知道他的名字。
물어보다	動 問、詢問	길을 몰라서 친구에게 물어봤습니다. 我不認識路，所以問了朋友。
불다	動 吹、刮	따뜻한 바람이 붑니다. 吹著暖暖的風。
빌리다	動 借	돈이 없어서 친구에게 돈을 빌렸습니다. 沒有錢，所以向朋友借了錢。
시작하다	動 開始	한국어 수업은 9시에 시작합니다. 韓語課從 9 點開始。
지내다	動 度過	저는 요즘 한국에서 잘 지내고 있습니다. 我最近在韓國過得很好。
가깝다	形 近	우리 집은 학교에서 가깝습니다. 我們家離學校很近。
깨끗하다	形 乾淨	조금 전에 방을 청소해서 깨끗합니다. 不久前剛打掃過房間，所以很乾淨。
나쁘다	形 壞、不好	날씨가 나빠서 밖에 나가기 싫습니다. 天氣不好，所以不想出去。
더럽다	形 髒	청소를 안 해서 방이 너무 더럽습니다. 因為沒有打掃房間，所以很髒。

따뜻하다	形 暖和	봄에는 날씨가 따뜻합니다. 春天天氣很暖和。
쉽다	形 容易、簡單	시험 문제가 쉬워서 다 맞았습니다. 因為考試題目很簡單，所以都答對了。
어렵다	形 難	한국어로 이야기하는 것이 어렵습니다. 用韓語聊天很難。
있다	形 有	저는 동생이 있습니다. 我有弟弟（妹妹）。
재미있다	形 有趣	생일 파티가 정말 재미있었습니다. 生日派對真的很有趣。
조용하다	形 安靜	교실에 학생들이 없어서 조용합니다. 教室裡沒有學生，所以很安靜。
친절하다	形 親切	우리 선생님은 친절하십니다. 我們老師很親切。
아까	名 / 副 剛才	동생이 아까부터 잤는데 지금도 자고 있습니다. 弟弟剛才就在睡覺，現在還在睡。

☕ 必考文法

A/V-(으)ㄹ 것이다	1. 用於描述將來的行動或計劃。 예 방학에는 고향에 돌아갈 겁니다. 放假我會回老家。 2. 用於對某種行動或狀態的推測，與名詞連用時，用作「**N일 것이다**」的形態。 예 민수 씨는 지금 공부할 겁니다. 民秀現在一定在學習。 제주도는 아주 아름다울 겁니다. 濟州島一定很美。 그 사람은 선생님일 겁니다. 那個人一定是個老師。
N에게/한테	表接受某個行動的對象，常與「주다」、「보내다」、「연락하다」、「전화하다」、「질문하다」等一起連用。相似的表現可以使用「한테」。如果對象是「長輩或上位者」，要使用「께」。 예 저는 친구에게(한테) 선물을 주었습니다. 我送禮物給朋友。 선생님께 선물을 드렸습니다. 我送禮物給老師。
N도	表示與前面提到的內容相同，或表示補充。 예 친구는 공부를 잘합니다. 그리고 운동도 잘합니다. 朋友很會讀書，而且還擅長運動。
N와/과	1. 表示兩個或兩個以上的對象。相似表現有「**N하고**」、「**N(이)랑**」。 예 저는 비빔밥과(하고, 이랑) 김치찌개를 좋아합니다. 我喜歡拌飯和辛奇湯。 2. 表示一起做某事的對象。 예 친구와 (같이) 도서관에 갑니다. 我和朋友一起去圖書館。

34-39

34~39 選出最適合填入括號內的選項。

這個題型要閱讀短文，選出最適合填入括號內的選項。題目由兩個句子組成，句子跟句子之間有一個（　）。請仔細閱讀前後句，選出最適合填入（　）內的選項。

第 34、35、36、39 題配分為一題兩分，第 37 題跟 38 題一題 3 分。34 到 38 題基本上會各考一題文法（助詞）、名詞、動詞、形容詞跟副詞，37 到 38 題會考一題副詞，然後另一題考動詞或形容詞。39 題則是經常考不規則動詞或形容詞。

本書中 34 到 39 題會依照文法（助詞）、單字（名詞）、單字（形容詞）、單字（動詞）、單字（副詞）、單字（不規則動詞或形容詞）的順序編排試題，可是實際考試時，除了第 39 題考的是單字（不規則動詞或形容詞）之外，其餘幾道題目的順序是隨機的。

題目的時制會出現基本的過去時制「–았／었–」、現在時制「–ㅂ／습니다–」跟未來時制「–（으）ㄹ 겁니다–」，選項則是都以現在時制出現。為了正確推測適合填入括號內的話，考生必須理解另一個沒有括號的句子在講什麼。此外，如果熟知「그리고」、「그래서」、「다음에」等連接兩個句子的連接副詞，會比較容易理解文意，也可以妥善推測適合填入括號裡的選項。

---

34 選出最適合填入括號內的文法（助詞）

助詞擔任的角色就是在與名詞相結合的句子裡，幫助凸顯名詞的功能為何。常見助詞有「이／가」、「을／를」、「의」、「에」、「에서」、「에게」、「도」、「만」、「와／과」等。挑選助詞的考題必須掌握括號前名詞的意義，還有句尾動詞、形容詞的意義或作用是什麼。

---

35 選出最適合填入括號內的單字（名詞）

理解前後句的內容，推測最適合填入括號內的名詞，然後從選項中選出答案即可。相關單字請參考 31～33 題題型分析提供的「主題相關字彙與表現」。

36~37 選出最適合填入括號內的單字（動詞／形容詞）

理解前後句的內容，推測最適合填入括號內的形容詞或動詞，然後從選項中選出答案即可。如果句中有「그래서」、「그리고」、「하지만」等連接副詞，就意味著前句是後句的原因或理由，考生必須掌握句子的關係。

---

38 選出最適合填入括號內的單字（副詞）

　　理解前後句的內容，推測最適合填入括號內的副詞，然後從選項中選出答案即可。副詞具有幫助動詞或形容詞的意義，所以必須充分掌握動詞或形容詞的意義再選擇副詞。常用的副詞有「자주」、「아주」、「아까」、「다시」、「가끔」、「아직」、「일찍」、「오래」、「벌써」、「아마」、「별로」等。

39 選出最適合填入括號內的單字（不規則動詞或形容詞）

　　這一題文章會稍微難一點，常考不規則動詞或形容詞。因為句子結束是以「-ㅂ／습니다」結尾，經常出現產生「ㄹ脫落」現象的動詞或形容詞。舉例來說，常見動詞如「열다」、「불다」、「달다」、「들다」、「살다」、「팔다」、「풀다」、「만들다」等，形容詞如「멀다」、「길다」等。

34-39

🔍 題目分析

考古題

※[34~39] <보기>와 같이 (   )에 들어갈 가장 알맞은 것을 고르십시오.

34 `2점`

> 한국어가 어렵습니다. 친구(   ) 물어봅니다.

① 의   ② 를   ③ 에게   ④ 에서

35 `2점`

> 시간을 모릅니다. (   )를 봅니다.

① 잡지   ② 시계   ③ 주소   ④ 편지

<TOPIK 36회 읽기 [35]>
• 한국어 韓語
• 친구 朋友

34
分析內容
本題要選出正確的文法（助詞）。因為「물어보다」需要「對象」跟「內容」，所以會使用「누구에게 무엇을 물어보다（向誰詢問什麼）」的表達方式。由於題目括號前的單字「친구」是「對象」，所以後面必須使用「에게」。正確答案為③。

<TOPIK 37회 읽기 [36]>
• 잡지 雜誌
• 시계 時鐘、手錶
• 주소 地址
• 편지 信件

35
分析內容
後句出現「보다」這個字。這題要找出不曉得時間時，我們會看什麼東西。當我們不知道時間，想知道現在幾點幾分時，我們會看「시계」。因此正確答案為②。

36 `2점`

> 학교가 (　　　). 그래서 걸어서 갑니다.

① 작습니다　　　　　② 많습니다

③ 가깝습니다　　　　④ 깨끗합니다

〈TOPIK 36회 읽기 [36]〉
• 학교　學校
• 작다　小
• 많다　多

36
分析內容
後句提到「走路上學」，因為句首有「그래서」，所以前句必須出現走路上學的理由。走路上學的理由可以選「가깝습니다」，正確答案為③。

37 `3점`

> 학교 앞에서 약속이 있습니다. 그래서 친구를 (　　　).

① 기다립니다　　　　② 도와줍니다

③ 좋아합니다　　　　④ 가르칩니다

〈TOPIK 41회 읽기 [38]〉
• 학교　學校
• 앞　前面
• 약속　約會、約定
• 친구　朋友
• 좋아하다　喜歡

37
分析內容
前句提到「約在學校前面碰面」，因為後句句首有「그래서」，所以後面必須要接「有約時可以做的行為」。四個選項裡「기다립니다」是最適當的選擇，因此正確答案為①。

38 3점

바다 여행이 재미있었습니다. 다음에 (   ) 갈 겁니다.

① 다시   ② 서로   ③ 아주   ④ 제일

39 2점

이 그림이 마음에 (   ). 이것을 사고 싶습니다.

① 듭니다   ② 납니다   ③ 옵니다   ④ 잡니다

〈TOPIK 36회 읽기 [38]〉
• 바다　大海
• 여행　旅行
• 다시　重新、再
• 서로　互相
• 제일　最、第一

38
分析內容
話者去海邊旅行的時候覺得很有趣。透過「다음에」可以得知，話者還要再去海邊旅行一次。因此正確答案為①。

〈TOPIK 41회 읽기 [39]〉
• 그림　畫
• 마음에 들다　喜歡、滿意
• 이것　這個
• 사다　買
• 작다　小
• 나다　生、長
• 오다　來
• 자다　睡覺

39
分析內容
後句中以「사고 싶다」表達自己的心意。話者想買畫的理由是因為喜歡那幅畫。「듭니다」的「들다」遇到「-ㅂ/습니다」會發生「ㄹ脫落」現象，因此正確答案為①。

※[34~39] <보기>와 같이 (   )에 들어갈 가장 알맞은 것을 고르십시오.

34 2점

> 민수 씨는 선생님입니다. 수미 씨(   ) 선생님입니다.

① 과   ② 도   ③ 에   ④ 를

35 2점

> 지갑에 (   )이 없습니다. 은행에 갑니다.

① 옷   ② 빵   ③ 책   ④ 돈

- 씨　尊稱，指先生、小姐
- 선생님　老師

34
分析內容
「**민수 씨**」和「**수미 씨**」都是老師。如果想表達秀美跟民秀一樣都是老師，「수미 씨」後面接文法（助詞）「도」會比較自然。因此正確答案為②。

- 지갑　錢包
- 없다　沒有
- 은행　銀行
- 가다　去、走
- 옷　衣服
- 빵　麵包
- 책　書
- 돈　錢

35
分析內容
後句中提到去了銀行。如果推測錢包裡沒有什麼東西的時候會去銀行，就能找到答案。選項中最符合的選項是「돈（錢）」，因此正確答案為④。

36 2점

집에 <u>사람이 없습니다.</u> ⟨그래서⟩ (　　).

① 조용합니다　　　　② 따뜻합니다
③ 친절합니다　　　　④ 가깝습니다

37 3점

<u>수업이 끝났습니다.</u> 학생들이 교실에서 (　　).

① 지냅니다　　　　② 나옵니다
③ 가르칩니다　　　　④ 도와줍니다

- 집　家
- 사람　人
- 없다　沒有、不在

36
分析內容
家裡沒有人。因為後句有「그래서」，只要推測家裡沒有人的時候是什麼氣氛就可以找出答案。選項中最符合的選項是「조용합니다」，因此正確答案為①。

- 학생　學生
- 교실　教室

37
分析內容
透過前句的「수업이 끝났습니다」，可以推測下課後學生從教室離開。因此正確答案為②。

38 3점

저는 운동을 좋아합니다. 그래서 축구를 (　　) 합니다.

① 가끔　　② 아주　　③ 자주　　④ 별로

39 2점

바람이 (　　). 비도 내립니다.

① 옵니다　② 됩니다　③ 붑니다　④ 납니다

- 운동　運動
- 좋아하다　喜歡
- 축구　足球
- 자주　經常

38
分析內容
因為喜歡運動，可以推測話者經常踢足球。所以正確答案為③。

- 바람　風
- 비　雨
- 내리다　下
- 나다　起、出現
- 되다　成為

39
分析內容
從後句的「비도 내립니다」這個表現可以得知話者在談論天氣。透過後句的「비도」可以推測前句應該也會出現描述天氣的相關表現。因此，前句只需要用「바람이 불다」表達天氣即可。「붑니다」是「불다」遇到「-ㅂ／습니다」產生「ㄹ脫落」現象，因此正確答案為③。

34-39

※[34~39] 〈보기〉와 같이 (　　　)에 들어갈 가장 알맞은 것을 고르십시오.

34 `2점`

> 한국어 수업이 있습니다. 아침 9시(　　　) 시작합니다.

① 가　　　　　　② 를　　　　　　③ 의　　　　　　④ 에

35 `2점`

> 길을 잘 모릅니다. (　　　)를 봅니다.

① 도로　　　　　② 잡지　　　　　③ 지도　　　　　④ 시계

36 `2점`

> 공부를 하지 않았습니다. 그래서 시험이 (　　　).

① 쉽습니다　　　② 나쁩니다　　　③ 조용합니다　　　④ 어렵습니다

37 `3점`

> 저는 한국 사람이 아닙니다. 그래서 한국어를 잘 (　　　).

① 씁니다　　　　② 줍니다　　　　③ 모릅니다　　　④ 그립니다

38 `3점`

> 청소를 하지 않았습니다. 그래서 방이 (   ) 더럽습니다.

① 일찍   ② 오래   ③ 너무   ④ 아까

39 `2점`

> 오늘 파티를 합니다. 그래서 친구와 한국 음식을 (   ).

① 먹습니다   ② 만듭니다   ③ 만납니다   ④ 빌립니다

※解答・解析・翻譯見 P.240

길 路	도로 道路	잡지 雜誌	지도 地圖	시계 鐘錶	공부 念書
시험 考試	쉽다 容易	쓰다 寫、用	청소 打掃、清掃	방 房間	파티 派對
만나다 見面					

40-42

우리	代 我們	우리 4명은 한국대학교 학생입니다. 我們四個都是韓國大學的學生。
값	名 價格	이 자동차는 값이 아주 비쌉니다. 這輛車的價格非常貴。
기간	名 期間	우리 학교는 방학 기간이 2달입니다. 我們學校的放假時間是兩個月。
등산	名 爬山	저는 등산을 좋아해서 자주 산에 갑니다. 我喜歡爬山，所以經常去山上。
무료	名 免費	오늘은 무료니까 돈이 필요 없습니다. 今天是免費的，所以不需要錢。
밤	名 晚上	밤에는 잠을 잡니다. 晚上睡覺。
부엌	名 廚房	부엌에서 요리를 합니다. 在廚房做飯。
비	名 雨	비가 와서 우산을 씁니다. 下雨了所以撐傘。
사무실	名 辦公室	사무실에서 회의를 합니다. 在辦公室開會。
생일	名 生日	생일을 축하합니다. 祝你生日快樂。
안내	名 說明、 引導	직원이 손님을 방으로 안내합니다. 職員把客人引導到房間裡。
약	名 藥	배가 아파서 약을 먹었습니다. 肚子痛，所以吃了藥。
영화	名 電影	지금 영화관에서 영화를 봅니다. 現在在電影院裡看電影。

오후	图 下午	오전에 수업이 끝나면 오후에는 도서관에 갑니다. 上午下課以後，下午去圖書館。
이름	图 名字	제 이름은 민수입니다. 我的名字叫民秀。
일주일	图 一週	'월, 화, 수, 목, 금, 토, 일'(요일)이 일주일입니다. 星期一、星期二、星期三、星期四、星期五、星期六、星期日 是一個星期。
전화	图 電話	친구에게 전화를 합니다. 給朋友打電話。
점심	图 中午、 午餐	아침, 점심, 저녁 早上，中午，晚上
행복	图 幸福	대학교에 합격해서 행복합니다. 考上大學了，感到很幸福。
회의	图 會議	저희 회사는 매주 월요일에 회의를 합니다. 我們公司每週一開會。
모든	冠 所有	모든 책을 다 읽어서 더 읽을 책이 없습니다. 所有的書都看過了，所以沒有書可以看了。
내다	動 付、給	오늘 식사 값은 제가 내겠습니다. 今天我請客。
드리다	動 獻、奉上	오늘 어머니 생신이라서 어머니께 선물을 드릴 겁니다. 今天是母親的壽辰，所以獻給母親禮物。
들어가다	動 進去	문을 열고 교실에 들어갑니다. 開門進教室。
받다	動 收到	친구가 보낸 메일을 받았습니다. 我收到朋友寄來的禮物。
열다	動 開	날씨가 더워서 창문을 열었습니다. 天氣很熱，所以把窗戶打開。
찾다	動 尋找	잃어버린 지갑을 찾았습니다. 我找到了丟失的錢包。

같다	形 一樣	저와 제 친구는 21살입니다. 우리는 나이가 같습니다. 我和朋友都是 21 歲。我們年紀一樣。
맑다	形 晴朗	오늘은 구름이 없고 맑겠습니다. 今天萬里無雲，天氣晴朗。
미안하다	形 對不起	전화를 못 받아서 미안합니다. 對不起，我沒有接到電話。
쉬다	形 休息	일요일에는 집에서 쉽니다. 星期日在家休息。
좋다	形 好	운동이 건강에 좋습니다. 運動有益健康。
매주	名/副 每週	매주 일요일은 집에서 쉽니다. 我每週日在家休息。
지금	名/副 現在	지금 저는 한국어를 공부하고 있습니다. 現在我正在學習韓語。

必考文法

V-는 동안(에)	表示某件事情持續進行的特定期間。如果與表時間的名詞搭配使用，用作「N동안」。 예 제가 쇼핑하는 동안 친구는 기다리고 있습니다. 我購物的時候，朋友在等我。 방학 동안 여행을 할 거예요. 放假的時候我會去旅行。
V-기 전에	用於前面的行動比後面的行動先完成時。如果與表時間的名詞搭配使用，用作「N전에」。 예 잠을 자기 전에 책을 읽었습니다. 睡覺之前看了書。 1시간 전에 출발했습니다. 一個小時之前出發了。
N(으)로	1. 表示以某地為原點，朝著某一方向。常與「**가다、오다、출발하다**」一起連用。 예 오른쪽으로 가세요. 請向右走。 2. 表示進行某動作時使用的東西或者方法。 예 저는 학교에 버스로 갑니다. 我坐公車去學校。 3. 表示製作某種東西時使用的材料。常與「**만들다、되다**」一起連用。 예 종이는 나무로 만듭니다. 紙是用樹木做成的。 4. 用於替換成某樣物品或表示變化。 예 한국 돈으로 환전을 했습니다. 我把錢換成韓元。 지하철로 갈아탔습니다. 轉地鐵。
V-(으)ㄴ/는/ (으)ㄹ	用於以「V-（으）ㄴ／는／（으）ㄹ＋N」的形態修飾後面出現的名詞。過去時制用「–（으）ㄴ」，現在時制或是要表達反覆進行的事情用「–는」，未來時制用「–（으）ㄹ」。如果與名詞搭配使用，用作「N인N」。 예 어제 본 영화가 재미있었습니다. 昨天看的電影很有趣。 지금 보는 영화가 재미있습니다. 現在正在看的電影很有趣。 내일 볼 영화가 재미있을 겁니다. 明天要看的電影一定很有趣。 취미가 등산인 사람은 민수 씨입니다. 愛好登山的人是民秀。

40-42

40~42 閱讀文章，選出與內容不符的選項

這個題型要閱讀文章，選出與內容不符的選項。這題不是要考生從選項裡選出與內容相符的答案，而是必須選擇錯誤的答案，請大家務必留意，小心不要選錯。文章的時制會以過去時制「-았／었-」、現在時制「-ㅂ／습니다」、未來時制「-（으）ㄹ 겁니다」等基本時制的型態出現。這個部分每題的配分是三分。

題目類型大致可分為「句子型」跟「單字型」。「句子型」主要會以句子的型態出現，考的內容包含廣告、通知、傳遞客人訊息等；「單字型」的題目以單字的型態出現的考題會比以句子型態出現的考題多，多以圖片或表格的方式出題。

以下根據題目類型，詳細整理了主要會考的內容、單字跟表現。

1. 句子型題目

1) 說明通知類

常見題材有博物館、美術館、圖書館、學校（教室、練習室）等公共場所的使用說明以及音樂會、電影節、烹飪教室、唱歌聚會等活動說明。

說明通知類題型一般都會包括對期間、時日（日期、星期、時間）、場所的說明，在題目最下方經常會出現贈送禮品或免費品嚐食品等，與活動相關的附加訊息。此外，內容方面，經常出現的詞彙有「**안내**（說明）、**교실**（教室）、**모임**（聚會）、**공원**（公園）、**학원**（補習班）、**커피**（咖啡）、**주스**（果汁）、**드리다**（給）、**배우다**（學）、**초대하다**（邀請）」等。雖然說明通知類題型也會像廣告類題型一樣出現價格資訊，但說明通知類題型跟廣告類題型最大的差別在於「公告時間、日期、場所」等。

2) 廣告類題型

這邊會出現的廣告主要有販售二手物品（電腦、冰箱、洗衣機等）的廣告、免費贈書的廣告、補習班廣告、新餐廳或咖啡廳的廣告、房地產廣告、超市折扣廣告等。

廣告類題目一般都會包括物品的價格、聯繫方式。有時也會出現關於「禮品」的補充訊息。廣告類題目中常見的詞彙有「**메뉴**（菜單）、**팔다**（出售）、**쉬다**（休息、停業）、**사용하다**（使用）、**문을 열다**（開門、營業）」等。

特別是在房地產廣告中，房間、廚房、浴室、洗手間、床、書桌、類似地鐵站前這樣的房屋地址等都是較為常見的詞彙。超市廣告中常見的詞彙有水、牙膏、牛奶等物品名稱以及折扣價格或打折時間等。而補習班廣告中則會出現音樂、美術、運動、舞蹈、歌曲、料理等相關詞彙。排骨湯、拌飯、冷麵等食物名稱以及咖啡、果汁等飲品名稱則在餐廳或咖啡廳的廣告中比較常見。

3) 訊息傳達類

伴隨著文字訊息、電子郵件、網路公告文章、邀請卡、傳達內容的便條紙（外出時留的便箋）等形式，將某個內容傳達給其他人知道。

這些種類中，最常被拿來出題的就是文字訊息，請大家務必好好學習。因為是傳遞訊息，所以通常會同時出現寄件人跟收件人。在文字訊息或邀請卡等信件形式的題目中，收件人的姓名會出現在題目的上方，寄件人的姓名會出現在題目的下方。此外，文字訊息的內容可能會考「회사（公司）、사무실（辦公室）、도서관（圖書館）、커피숍（咖啡廳）、전화하다（打電話）、전화를 못 받다（無法接聽電話）、－（으）ㄹ게요、－겠습니다」等單字與表現。邀請卡的部分，會以邀請參加聚會或活動的形式出現包含日期時間跟地點在內等資訊。

電子郵件部分，請務必確認寄件人跟收件人，寄件人可能會以個人名義傳遞包含某個聚會的時間日期跟場所等資訊。因此，可能會出現「학교（學校）、모임（聚會）、커피숍（咖啡廳）、만나다（碰面）」等單字。

便條紙主要包括電話留言或外出時向他人傳達訊息所寫的便箋。透過寫下簡單內容的方式，可能會出現「誰打電話來、是否有重要會議等轉達事項」，或「外出相關資訊、如何用餐等內容」。

2. 單字型題目

1）圖片類

這類題目會提供天氣預報、電影票、藥袋、交通標誌、地鐵使用說明等相關圖片，並連同圖片一起附上具有相關資訊的單字。

與天氣有關的圖片會看到「해（太陽）、우산（雨傘）、구름（雲）、눈사람（雪人）」等，其中分別還會出現「맑음（晴朗）、비（雨天）、구름（陰天）눈、（下雪）」等天氣狀況。此外，題目也可能會出現「서울（首爾）、부산（釜山）、대전（大田）、관주（光州）、춘천（春川）、제주（濟州）」等都市名稱，旁邊伴隨著「25℃（25 度）、30℃（30 度）」等氣溫相關資訊。

電影票的部分，會出現「영화 제목（電影名稱）、극장 이름（劇院名稱）、날짜와 시간（日期與時間）、층수（樓層）、 자리 번호（座位號碼）」等單字與表現；藥袋的話，會標示「환자의 이름（患者姓名）、아침（早餐）、점심（午餐）、저녁（晚餐）、식사 전（飯前）、식사 후 30분（飯後三十分鐘）」等服藥時間、服藥次數。

交通標誌的部分會出現告知方向的圖片、地鐵使用說明會根據目的地提供出口方向或地鐵轉乘方法。跟地鐵有關的單字與表現有「출발（出發）、도착（抵達）、환승（轉乘）、역 이름（站名）、호선（X 號線）、갈아타는 곳（轉乘處）、나가는 곳（出口）」等。

2）表格類

　　題目會用表格的方式顯示簡單的筆記內容，如個人手帳（日記本）上依照日程表寫下的筆記、按照時間羅列的電視節目表、依照日期或時間制定的旅遊行程等。

　　個人行程表有可能會以手機截圖畫面的形式出題，出現「점심（午餐）、저녁（晚上）、약속（約會）、쇼핑（購物）、생일（生日）、수영（游泳）、등산（登山）、시험（考試）」等單字。電視節目表會出現「드라마（電視劇）、뉴스（新聞）、영화（電影）」等單字。旅遊行程則有可能會出現「출발（出發）、도착（抵達）、아침（早餐）、점심（午餐）、저녁（晚餐）、등산（登山）、바다（大海）、관광（觀光）、구경（逛、遊覽）」等單字。

40-42

🔍 題目分析

考古題

※[40~42] 다음을 읽고 맞지 <u>않는</u> 것을 고르십시오.
각 3점

40

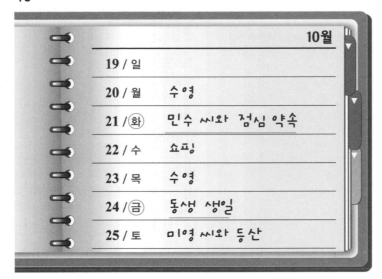

①금요일에 민수 씨를 만납니다.
②주말에 미영 씨와 산에 갑니다.
③일주일에 두 번 수영을 합니다.
④시월 이십이 일에 쇼핑을 합니다.

〈TOPIK 36회 읽기 [40]〉
• 수영　游泳
• 약속　約會
• 쇼핑　購物
• 동생　弟弟、妹妹

40
分析內容
手帳（日記）上簡單紀錄的個人行程。星期五是弟弟（妹妹）的生日。因為手帳主人跟民秀周二有午餐約會，所以他們星期二會見面。故正確答案為①。

41

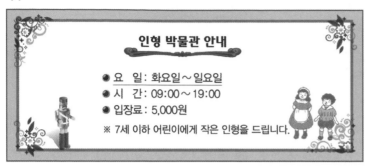

① 오천 원을 냅니다.
② 월요일에 문을 엽니다.
③ 어린이가 갈 수 있습니다.
④ 오후 일곱 시에 끝납니다.

42

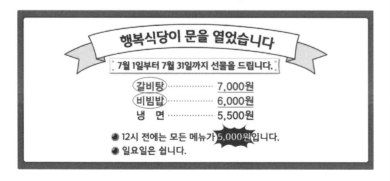

① 한 달 동안 선물을 받을 수 있습니다.
② 일요일에는 식당이 문을 열지 않습니다.
③ 오후에는 갈비탕과 비빔밥의 값이 같습니다.
④ 오전에는 냉면을 오천 원에 먹을 수 있습니다.

〈TOPIK 37회 읽기 [40]〉
• 인형　娃娃、玩偶
• 박물관　博物館
• 요일　星期幾
• 시간　時間
• 입장료　入場費
• 이하　以下
• 어린이　兒童
• 끝나다　結束
• 화요일　星期二
• 일요일　星期日

41
分析內容
這是玩偶博物館的公告。入場費為 5 千韓幣，館方會贈予七歲以下孩童玩偶，故小孩子可以入場。博物館開放時間為上午九點至傍晚七點。場館營業時間為週二至週日。因此正確答案為②。

〈TOPIK 41회 읽기 [42]〉
• 선물　禮物
• 메뉴　菜單
• 갈비탕　排骨湯
• 비빔밥　拌飯
• 냉면　冷麵

42
分析內容
這是新開幕餐廳的廣告。七月一整個月都會贈送禮物，因為星期天休息，所以周日不營業。營業日中午十二點前，所有品項一律單價五千韓幣即可享用美食。下午時段排骨湯七千韓幣，拌飯六千韓幣，冷麵五千五韓幣，價格都不一樣。因此正確答案為③。

※[40~42] 다음을 읽고 맞지 <u>않는</u> 것을 고르십시오.

각 3점

40

| 서울 -3℃ | 부산 4℃ | 대전 -1℃ | 제주 9℃ |

① 부산은 비가 옵니다.
② 서울은 눈이 옵니다.
③ 대전은 제일 춥습니다.
④ 제주는 날씨가 맑습니다.

41

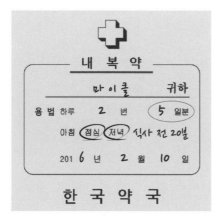

① 약을 먹고 밥을 먹습니다.
② 이 일 동안 약을 먹습니다.
③ 마이클 씨가 약을 먹습니다.
④ 점심, 저녁에 약을 먹습니다.

• 눈 雪
• 제일 最
• 날씨 天氣

40
分析內容
題目介紹了韓國主要城市的冬季天氣。首爾有雪，溫度為零下 3 度。釜山有雨，溫度為 4 度。大田多雲，溫度為零下 1 度。濟州島天氣晴朗，溫度為 9 度。由此可見，首爾天氣最為寒冷。所以正確答案為③。

• 회 回、次
• 아침 早上、早餐
• 저녁 晚上、晚餐
• 식사 餐、飯
• 전 前
• 분 分鐘
• 약국 藥局
• 밥 飯
• 먹다 吃

41
分析內容
藥袋上寫著藥品服用方法。患者的名字是麥克。中午 1 次，晚上 1 次，每天服藥 2 次。餐前服用，也就是說吃飯前 20 分鐘服藥。此外，要連續 5 天服藥，而不是 2 天。所以正確答案為②。

42

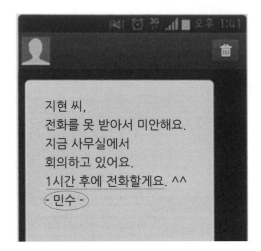

① 민수 씨는 사무실에 있습니다.
② 민수 씨는 전화를 못 받았습니다.
③ 지현 씨는 민수 씨에게 전화를 했습니다.
④ 지현 씨는 1시간 후에 회의를 할 겁니다.

• 전화 電話
• 받다 接
• 회의 會議
• 사무실 辦公室
• 식사하다 用餐
• 전화하다 打電話

42
分析內容
這是民秀傳給智賢的簡訊。
透過「對不起，我沒有接到
電話」可以得知，在民秀傳簡
訊之前，智賢曾給民秀打過
電話。民秀現在正在辦公室
裡開會，他一小時後會打給
智賢。因此正確答案為④。

40-42

※[40~42] 다음을 읽고 맞지 <u>않는</u> 것을 고르십시오. 각 3점

40

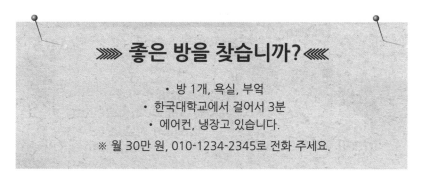

> ➤➤➤ 좋은 방을 찾습니까? ◄◄◄
>
> • 방 1개, 욕실, 부엌
> • 한국대학교에서 걸어서 3분
> • 에어컨, 냉장고 있습니다.
> ※ 월 30만 원, 010-1234-2345로 전화 주세요.

① 한국대학교에서 가깝습니다.
② 이 방 안에 에어컨이 있습니다.
③ 이 방은 한 달에 삼십만 원입니다.
④ 좋은 방이 있는 사람은 전화를 할 겁니다.

41

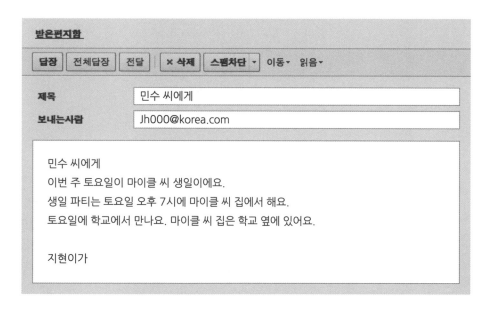

받은편지함

| 답장 | 전체답장 | 전달 | ✕ 삭제 | 스팸차단 ▾ | 이동 ▾ | 읽음 ▾ |

제목 민수 씨에게

보내는사람 Jh000@korea.com

민수 씨에게
이번 주 토요일이 마이클 씨 생일이에요.
생일 파티는 토요일 오후 7시에 마이클 씨 집에서 해요.
토요일에 학교에서 만나요. 마이클 씨 집은 학교 옆에 있어요.

지현이가

① 마이클 씨 집은 학교에서 가깝습니다.
② 토요일에 학교에서 생일 파티를 합니다.
③ 지현 씨가 민수 씨에게 이메일을 보냈습니다.
④ 민수 씨와 지현 씨는 토요일 저녁에 만날 겁니다.

42

① 대학교에서 음료수를 줍니다.
② 영화제는 두 달 동안 합니다.
③ 오후 여덟 시에 영화가 시작됩니다.
④ 한국대학교 학생회관에서 영화를 봅니다.

※解答・解析・翻譯見 P.240

방 房間	욕실 浴室	대학교 大學	걷다 走	분 分	에어컨 空調
냉장고 冰箱	가깝다 近	안내 說明、介紹	보내다 寄送、發送	주 周	토요일 星期六
파티 派對	집 家	학교 學校	만나다 見面	옆 旁邊	이메일 電子郵件
저녁 傍晚、晚餐	한여름 仲夏、盛夏	영화제 電影節	장소 場所	학생회관 學生會館	음식 食物
음료수 飲料	시작되다 開始				

43-45

📝 必考單字

경치	图 景色	설악산은 가을에 단풍이 들어서 경치가 좋습니다. 雪嶽山秋天有楓葉,景色非常漂亮。
공원	图 公園	저는 친구와 공원에서 자전거를 탑니다. 我和朋友在公園騎自行車。
기차	图 火車	서울역에서 기차를 타고 부산까지 갔습니다. 在首爾坐火車去了釜山。
부모님	图 父母	부모님은 아버지와 어머니를 함께 부르는 말입니다. 父母是父親和母親的統稱。
요리	图 料理	저는 요리를 잘 해서 한국 음식도 만들 수 있습니다. 我擅長烹飪,所以韓國料理做得也很好。
자전거	图 自行車	자전거를 타고 공원에 갔습니다. 騎自行車去了公園。
그러면	副 那樣的話	가: 다이어트를 하고 싶습니다. / 나: 그러면 저하고 같이 운동합시다. 가:我想減肥。/ 나:那樣的話,就跟我一起運動吧。
함께	副 一起	이번 주말에 부모님과 함께 제주도에 갑니다. 這週末我和父母一起去濟州島。
구경하다	動 遊覽、逛	명동에서 여러 가지 옷과 화장품을 구경했습니다. 在明洞逛了很多服飾店和化妝品店。
놀다	動 玩	친구들과 공원에서 놉니다. 和朋友們一起在公園玩。
배우다	動 學	한국어 선생님께 한국어를 배웁니다. 跟韓語老師學習韓語。
부르다	動 唱、叫	노래방에서 노래를 부릅니다. 在 KTV 唱歌。
타다	動 坐	지하철을 타고 학교에 갑니다. 坐地鐵去學校。

맛있다	形 好吃、好喝	음식이 맛있어서 많이 먹었습니다. 東西很好吃,所以吃了很多。
비싸다	形 貴	사과 값이 비쌉니다. 蘋果的價格很貴。
심심하다	形 無聊	저는 주말에 친구가 없어서 심심합니다. 週末沒有朋友,所以很無聊。
싸다	形 便宜	학교 식당은 음식이 쌉니다. 學生餐廳的食物很便宜。
아름답다	形 美麗	한국의 제주도는 경치가 아름답습니다. 韓國濟州島的景色很美。
재미없다	形 無聊、無趣	이 영화는 재미없습니다. 這部電影好無聊。
즐겁다	形 高興、愉快	한국 생활이 즐겁습니다. 韓國生活很愉快。
내일	名 / 副 明天	오늘은 금요일이고 내일은 토요일입니다. 今天是星期五,明天是星期六。
매일	名 / 副 每天	저는 매일 일기를 씁니다. 我每天都寫日記。

A/V-(으)ㄹ 때	表示某事或某種情況發生的時間。 예 기분이 좋을 때 노래를 부릅니다. 心情好的時候會唱歌。
V-(으)러 가다/오다/다 니다	表示移動的目的。 예 공부하러 도서관에 갑니다. 去圖書館念書。
A/V-(으)면	表示對後面內容的強調。 예 봄이 오면 꽃이 핍니다. 到了春天花就開了。
V-아/어 주다	表示為他人所做的事情。為上司或長輩做的事情要用「V- 아/어 드리다」的形態。 예 여자 친구에게 꽃을 사 주었습니다. 我給女朋友買了花。 　선생님의 일을 도와 드렸습니다. 我幫老師做事。

43-45

43~45 選出與內容相符的選項

　　這個題型要求閱讀題目內容，選出與文意相符的選項。題目由 3 個句子構成，以日常生活為主題。常用「**어제**（昨天）、**오늘**（今天）、**내일**（明天）、**주말**（週末）、**매일**（每天）、**N마다**、**-(으)ㄹ 때**」等表示時間的表達方式來描述經歷或者感受。第 43 題和第 45 題一題 3 分，第 44 題一題 2 分。但是每個題在難易度上差別不大，考生可以放心答題。

　　43 題開始會經常出現「그리고」、「그래서」、「그러면」等連接副詞，且指代前句內容的「그N」、「거기」、「그곳」等表現也經常出現。連接句子時會使用如「-고」、「-아／어서」、「-(으)면」等相對來說比較簡單的文法，完成句子時會使用「-았／었습니다」、「-ㅂ／습니다」、「-고 있습니다」、「-(으)ㄹ 겁니다」等表時制的文法。選項常常會以「저는」開頭，完成句子時也跟題目內文一樣，會使用表基本時制的文法。

　　考生須閱讀文章，然後判斷該選項的對錯與否。仔細比較文章內容跟選項之後，將不相符的選項一個個刪除就能找到答案。由於選項使用的表現有可能不會完全與文章一模一樣，考生必須熟知相似單字才能輕鬆找出意義相同的選項。

　　選項中經常會使用與文章內容不同的時間表現如「어제」、「오늘」、「내일」、「주말」、「매일」、「N마다」、「-(으)ㄹ 때」或「자주」、「혼자」、「조금」、「잘」等副詞表現，進而形成錯誤選項，因此考生最好能仔細留意這個部分。

43-45

考古題

※[43~45] 다음의 내용과 같은 것을 고르십시오.

각 2, 3점

43~45

> 저는 요리를 못합니다. 그래서 (매일) 학생 식당에서 밥을 먹습니다. 학생 식당은 음식 값이 싸고 김치가 맛있습니다.

① 학생 식당은 조금 비쌉니다.
② 학생 식당에 김치가 없습니다.
③ 저는 학생 식당에 날마다 갑니다.
④ 저는 맛있는 음식을 잘 만듭니다.

　① 학생식당은 음식 값이 싸고
　② 김치가 맛있습니다
　④ 요리를 못합니다

〈TOPIK 37회 읽기 [45]〉
• 그래서　所以
• 학생 식당　學生餐廳
• 김치　辛奇
• 날마다　每天

43~45
分析內容
「我」不會做飯。而且學生餐廳價格便宜，辛奇很好吃。因為話者說自己每天在學生餐廳吃飯，所以可以得知話者每天都會去學生餐廳。因此正確答案為③。

模擬試題

※[43~45] 다음의 내용과 같은 것을 고르십시오.

각 2, 3점

43~45

> 저는 가족과 기차로 경주에 갔습니다. 그곳에서 자전거를 타고 아름다운 경치를 구경했습니다. 다음에는 친구들과 경주에 다시 가고 싶습니다.

① 저는 자전거를 타고 경주에 갔습니다.
② 저는 친구들과 함께 기차를 탔습니다.
③ 저는 경주에서 아름다운 경치를 봤습니다.
④ 저는 다음에 부모님과 경주에 가려고 합니다.

• 경주　慶州
• 그곳　那裡、那個地方
• 다음　下一次、下一個
• 다시　重新、再

43~45
分析內容
話者跟家人一起搭火車去慶州，然後下一次想跟朋友而非父母一起去。話者在慶州騎腳踏車，欣賞了美麗的風景。因此正確答案為③。

43-45

※[43~45] 다음의 내용과 같은 것을 고르십시오.

43 3점

> 오늘은 친구의 생일입니다. 그래서 친구 집에 놀러 가서 파티를 했습니다. 저는 친구에게 책을 사 주었습니다.

① 저는 생일 선물을 받았습니다.
② 저는 오늘 친구 집에 갔습니다.
③ 친구는 저와 함께 책을 샀습니다.
④ 친구는 가족과 생일 파티를 했습니다.

44 2점

> 저는 재미없고 심심할 때 노래방에 갑니다. 노래방에 가서 제가 좋아하는 한국 노래를 부릅니다. 그러면 재미있고 즐겁습니다.

① 저는 한국 노래를 잘 모릅니다.
② 저는 즐거울 때 노래방에 갑니다.
③ 저는 노래방에 가면 재미없습니다.
④ 저는 심심할 때 한국 노래를 부릅니다.

45 3점

> 내일 오후에 공원에서 친구를 만납니다. 그 친구는 주말마다 공원에서 운동을 합니다. 저도 친구와 만나서 함께 운동을 할 겁니다.

① 저는 주말마다 친구를 만납니다.
② 저는 매일 오후에 공원에 갑니다.
③ 저는 내일 친구와 운동을 합니다.
④ 저는 친구에게 운동을 배울 겁니다.

※解答・解析・翻譯見 P.240

그래서 所以　**집** 家　**파티** 派對　**노래방** KTV　**한국 노래** 韓國歌曲　**만나다** 見面

46-48

✎ **必考單字**

사진	名 照片	여행을 가서 사진을 찍었습니다. 去旅行的時候拍了照片。
앞	名 前面	앞, 뒤, 옆, 위, 아래(밑), 안(속), 밖 前、後、旁邊、上、下(底)、裡面(內)、外面
옛날	名 以前	옛날에는 세탁기도 텔레비전도 없었습니다. 以前沒有洗衣機，也沒有電視機。
요즘	名 最近	요즘 저는 한국어를 배웁니다. 我最近在學韓語。
인기	名 人氣	그 가수는 우리나라에서 인기가 많습니다. 那位歌手在我們國家很受歡迎。
키	名 個子、身高	제 친구는 저보다 키가 작습니다. 我朋友個子比我矮。
그런데	副 可是、不過	가: 안녕하십니까? 나: 네, 안녕하십니까? 그런데 어디 가십니까? 가：您好。나：是，您好。不過您要去哪？
그리고	副 還有、然後	그 식당은 음식이 맛있습니다. 그리고 값도 쌉니다. 那家餐廳的食物很好吃，還有價格也很便宜。
더	副 更加	형은 동생보다 키가 더 큽니다. 哥哥身高比弟弟更高。
많이	副 多	밥을 많이 먹어서 배가 부릅니다. 吃了很多飯，所以肚子很飽。
빨리	副 快點	바빠서 밥을 빨리 먹었습니다. 因為很忙，所以很快吃完了飯。
입다	動 穿	저는 청바지를 입었습니다. 我穿了牛仔褲。

찍다	動 照、拍	토요일에 친구들과 공원에 가서 사진을 찍었습니다. 星期六和朋友去公園拍了照片。
다르다	形 不一樣	나라마다 국기가 다릅니다. 每個國家的國旗都不一樣。
어리다	形 小、年幼	동생은 언니보다 두 살 어립니다. 妹妹比姐姐小兩歲。
예쁘다	形 漂亮	꽃이 예쁩니다. 花很漂亮。
짧다	形 短	저는 짧은 치마를 좋아합니다. 我喜歡短裙。
크다	形 大	수박은 사과보다 큽니다. 西瓜比蘋果大。
힘들다	形 累、疲勞	오늘 오래 걸어서 힘듭니다. 今天走太久，很累。
보통	名/副 普通、一般	주말에는 보통 친구를 만납니다. 我週末通常會和朋友見面。

☕ 必考文法

부터 ~ 까지	「**부터**」表示某事的開始或出發點，「**까지**」表示結束或終點。 예 12시부터 1시까지 점심시간입니다. 從 12 點到 1 點是午飯時間。
A/V-(으)면 좋겠다	表示話者的希望或願望。 예 시험에 합격하면 좋겠습니다. 如果考試能通過就好了。
A/V-지만	表示前後內容為相反或對照的關係。 예 집 안은 따뜻하지만 밖은 춥습니다. 家裡很暖和，但是外面很冷。 김치를 좋아하지만 매워서 조금만 먹었습니다. 雖然很喜歡辛奇，但是太辣了，只吃了一點。

46-48

46~48 選出短文的中心思想

　　這個題型要選出文章的中心思想。考生須專心閱讀這篇文章想傳達的內容是什麼、是抱持著什麼意圖寫下這篇文。考題大約會以三段短文的形式呈現，由於文章的中心思想經常出現在第二段或最後一段，希望考生可以多加留意這個部分。第 46、47 題的配分一題 3 分，第 48 題的配分是 2 分。不過題目的難易度差別不大，考生無須在意配分問題。

　　46 題開始，會以各種形式出現「–고 싶다」、「–（으）ㄹ 수 있다」、「–아／어 주다」、「–（으）려고 하다」、「–（으）면 좋겠다」、「–기가 힘들다／어렵다」等新的文法表現。選項大部分以「저는」開頭，即便是以其他主語「N ／는」開頭，選項①～④的主語也會保持一致。

　　短文裡常會出現「그래서」、「그리고」、「그런데」等連接副詞。尤其「그래서」前面的內容是用來作為後面內容的理由或根據，因此中心思想經常會出現在後面的內容裡。考生最好可以仔細留意「그래서」後面出現的句子。

46-48

考古題

※[46~48] 다음을 읽고 중심 생각을 고르십시오.
각 2, 3점

46~48

> 일이 재미없으면 그 일을 오래 하기 힘듭니다. 그래서 저는 재미있는 일을 찾고 있습니다. 시간이 많이 걸리겠지만 즐겁게 할 수 있는 일을 찾을 겁니다.

① 저는 일을 많이 할 겁니다.
② 저는 일을 빨리 찾고 싶습니다.
③ 저는 지금 일을 시작할 겁니다.
④ 저는 재미있는 일을 하고 싶습니다.

〈TOPIK 41회 읽기 [47]〉
• 일 工作
• 그래서 所以
• 걸리다 花費、消耗

46~48
分析內容
如果工作無趣就很難做得久。「그래서」正在尋找有趣的工作。因此中心思想就是想要從事一份有趣的工作，正確答案為④。

模擬試題

※[46~48] 다음을 읽고 중심 생각을 고르십시오.
각 2, 3점

46~48

> 민수 씨는 어릴 때 키가 작고 뚱뚱했습니다. 그리고 친구가 많지 않았습니다. 그런데 지금은 키가 크고 살이 빠져서 사람들에게 인기가 많습니다.

① 민수 씨는 옛날과 많이 다릅니다.
② 민수 씨는 앞으로 키가 더 클 겁니다.
③ 민수 씨는 요즘 살이 빠지고 있습니다.
④ 민수 씨는 옛날부터 친구들이 많았습니다.

• 작다 小
• 뚱뚱하다 胖
• 많다 多
• 살 肉
• 빠지다 掉、脫落

46~48
分析內容
民秀小時候又矮又胖，沒什麼朋友。可是他現在又高又瘦，所以很受歡迎。這一題的中心思想就是以前跟現在不一樣，因此正確答案為①。

46-48

※ [46~48] 다음을 읽고 중심 생각을 고르십시오.

46 `3점`

> 저는 키가 아주 큽니다. 보통 옷 가게에서 바지를 사면 짧아서 입을 수가 없습니다. 그래서 저는 바지 사는 것이 어렵습니다.

① 저는 짧은 바지를 좋아합니다.
② 저는 바지를 입을 수가 없습니다.
③ 저는 바지를 사러 옷 가게에 갑니다.
④ 저는 키가 커서 바지 사기가 힘듭니다.

47 `3점`

> 이번 주말에 제주도로 여행을 갑니다. 제주도에 가면 예쁜 바다 앞에서 사진을 많이 찍을 겁니다. 빨리 주말이 오면 좋겠습니다.

① 저는 주말에 자주 여행을 갑니다.
② 저는 주말마다 제주도에 갈 겁니다.
③ 저는 제주도에 빨리 가고 싶습니다.
④ 저는 제주도 바다 사진을 찍었습니다.

48 `2점`

> 저는 한국 음식을 좋아하지만 만들 줄 모릅니다. 그래서 형이 한국 음식을 자주 만들어 줍니다. 형이 만든 불고기와 잡채는 모두 맛있습니다.

① 형은 한국 음식을 잘 만듭니다.
② 형은 불고기와 잡채를 좋아합니다.
③ 형은 한국 음식을 맛있게 먹습니다.
④ 형은 한국 음식을 만들 줄 모릅니다.

※解答・解析・翻譯見 P.240

옷 가게 服飾店	바지 褲子	그래서 所以	이번 這次	제주도 濟州島	바다 海、海灘
한국 음식 韓國料理、韓國食物	형 哥哥	불고기 烤肉	잡채 雜菜		

49-50

✎ 必考單字

근처	名 附近	우리 집 근처에는 공원도 있고 백화점도 있습니다. 我家附近有公園，還有百貨公司。
버스	名 公車	저는 버스를 타고 회사에 갑니다. 我搭公車去公司。
손님	名 客人	가게에 손님이 많습니다. 店裡客人很多。
이사	名 搬家	저는 다음 달에 학교 근처로 이사를 갑니다. 我下個月要搬到學校附近住。
주인	名 主人	이 책의 주인은 누구입니까? 這本書的主人是誰？
직원	名 職員、 員工	저는 이 회사에서 일하는 직원입니다. 我是在這間公司工作的職員。
화장실	名 洗手間	남자 화장실은 1층에 있고 여자 화장실은 2층에 있습니다. 男洗手間在 1 樓，女洗手間在 2 樓。
회사	名 公司	저는 한국 회사에 취직하려고 합니다. 我想在韓國公司工作。
새	冠 新的	새 옷을 샀습니다. 我買了新衣服。
같이	副 一起	주말에 친구하고 같이 영화를 보려고 합니다. 週末要和朋友一起去看電影。
바로	副 直接、 馬上	집에 도착하면 바로 연락하십시오. 到家請馬上打電話給我。
하지만	副 但是	저는 듣기를 잘 합니다. 하지만 쓰기를 잘 못 합니다. 我聽力很好，但是寫作不太好。
살다	動 生活、 居住	저는 서울에 삽니다. 我住在首爾。

이야기하다	動 聊天	저는 함께 사는 친구와 매일 이야기합니다. 我每天都和室友聊天。
인사하다	動 問候、 打招呼	학교에서 친구를 만나면 반갑게 인사합니다. 在學校見到朋友的話，都會很愉快的打招呼。
읽다	動 讀、看	저는 매일 신문을 읽습니다. 我每天都看報紙。
졸업하다	動 畢業	저는 내년에 대학교를 졸업합니다. 我明年大學畢業。
길다	形 長	머리가 길어서 미용실에 머리를 자르러 갑니다. 頭髮長了，所以去美容院理髮。
넓다	形 寬敞	제 방은 아주 넓습니다. 我的房間非常寬敞。
멀다	形 遠	학교가 멀어서 걸어갈 수 없습니다. 學校太遠了，沒法走路去。
좁다	形 窄	지금 사는 방이 조금 좁지만 깨끗합니다. 我現在住的房間有點小，但是很乾淨。
편하다	形 舒適	운동화를 신으면 발이 편합니다. 穿運動鞋腳很舒服。
먼저	名/副 首先	밥을 먹기 전에 먼저 손을 씻습니다. 吃飯前先洗手。
정말	名/副 真的	삼계탕이 정말 맛있습니다. 參雞湯真的很美味。

만	用來表示排除其他的，只針對這一個。 例 우리 반에서 마이클 씨만 미국 사람입니다. 我們班只有麥克是美國人。
V-(으)ㄴ 후에	用來表示前面的行動結束後，做後面的行動。如果是跟表時間的名詞一起使用時，用作「N후에」。相似表現有「ㅡ（으）ㄴ 다음에」、「ㅡ（으）ㄴ 뒤에」。 例 밥을 먹은 후에(다음에, 뒤에) 커피를 마십니다. 吃完飯以後喝咖啡。
A/V-아/어도	表示跟前面的內容無關，總是會有後面這件事情。 例 저는 키가 작아도 농구를 잘 합니다. 雖然我個子很矮，但是我籃球打得很好。

49-50

　　這個題型要閱讀文章然後回答問題。49 題到 50 題一篇文章要回答兩道題目。文章大約由五個句子組成，考生在閱讀文章前最好可以先從 49 題的選項開始把選項都確認一遍。接著必須閱讀全文，掌握大致內容。第 50 題如果用邊看文章邊跟選項比對的方式解題會比較有效率。

49　選出適合填入㉠的選項

　　這題要找出可以填入㉠的表現。只要仔細閱讀㉠的前後句，就能輕鬆找到答案。選項會以四個單字一個文法的形式出現，如「책을 읽고」、「잠을 자고」、「일을 하고」、「밥을 먹고」。像這種情形，就必須掌握單字的意義，選出與文意相符的字彙。

50　選出與文意相符的選項

　　這題必須閱讀全文，然後找出與內容相符的選項。考生必須邊看文章邊判斷該選項是否正確。只要仔細對照文章內容跟選項，然後把不相關的內容一個個刪掉，就能找到答案。此外，選項提供的表現不會直接使用文章裡面的表現，考生必須熟知相似單字才有辦法輕鬆找出意義相同的選項。

49-50

考古題

※[49~50] 다음을 읽고 물음에 답하십시오. 각 2점

> 우리 회사 지하에는 운동하는 방, 책을 읽는 방, 낮잠을 자는 방, 이야기하는 방이 있습니다. 이 방들은 점심시간에만 문을 엽니다. 우리 회사 사람들은 이곳을 좋아합니다. 이 방에 가고 싶은 사람들은 (㉠) 바로 지하로 갑니다. <u>식사 후에</u> 짧은 시간 동안 하고 싶은 것을 할 수 있기 때문입니다.

49 ㉠에 들어갈 알맞은 말을 고르십시오.
① 책을 읽고　　　　② 잠을 자고
③ 일을 하고　　　　④ 밥을 먹고

50 이 글의 내용과 같은 것을 고르십시오.
① 우리 회사 식당은 지하에 있습니다.
② 우리 회사에서는 낮잠을 잘 수 없습니다.
③ 우리 회사 지하에 있는 방은 인기가 많습니다.
④ 우리 회사 사람들은 저녁에 지하에서 운동합니다.

> ① 지하 ▷ 운동, 책, 낮잠, 이야기 방
> ② 낮잠을 자는 방 ▷ 낮잠을 잘 수 있습니다
> ④ 지하 방은 점심시간만 문을 엽니다

〈TOPIK 41회 읽기 [49~50]〉
- 지하 地下
- 방 房間
- 낮잠 懶覺（白天睡覺）
- 점심시간 午飯時間
- 문을 열다 開門
- 이곳 這裡、這個地方
- 동안 在……期間
- 때문 由於、因為

49
分析內容
仔細分析㉠後面的句子，在談論「吃飯後」可以做想做的事情。所以正確答案為④。

50
分析內容
公司地下室有可以運動、讀書、睡午覺、聊天的休息空間。文中沒有提到公司餐廳。因為文章提及「우리 회사 사람들은 이곳을 좋아합니다（我們公司的人都很喜歡這個地方）」，所以可以得知休息空間很受歡迎。因此正確答案為③。

※[49~50] 다음을 읽고 물음에 답하십시오. 각 2점

> 학교 앞에 새 미용실이 문을 열었습니다. 이 미용실에는 (㉠). 손님이 오면 주인이 인사하기 전에 먼저 고양이가 인사합니다. 그리고 머리를 하는 동안 고양이와 함께 즐거운 시간을 보낼 수 있습니다. 이 미용실은 고양이 때문에 인기가 많습니다.

- 미용실　美容院
- 고양이　貓
- 머리를 하다　做頭髮
- 시간을 보내다　打發時間
- 오래되다　很久、
　　　　　　很長時間

49 ㉠에 들어갈 알맞은 말을 고르십시오.
① 손님이 별로 없습니다
② 기다리는 시간이 깁니다
③ 고양이 직원이 있습니다
④ 주인이 인사하지 않습니다

49
分析內容
仔細分析㉠後面的句子，在談論這家美容院會有跟客人打招呼並且跟客人一起玩耍的貓咪。因此正確答案為③。

50 이 글의 내용과 같은 것을 고르십시오.
① 이 미용실은 오래되었습니다.
② 고양이는 미용실 주인보다 친절합니다.
③ 머리를 할 때에는 고양이를 볼 수 없습니다.
④ 이 미용실은 고양이가 있어서 손님이 많습니다.

50
分析內容
新開了一間美容院。貓咪會比美容院老闆更早先向客人打招呼，做頭髮的時候還會陪玩。文中提及「이 미용실은 고양이 때문에 인기가 많습니다（這家美容院因為貓咪的關係很受歡迎）」，可以得知有很多客人為了看貓來這家美容院做頭髮。因此正確答案為④。

49-50

※[49~50] 다음을 읽고 물음에 답하십시오. 각 2점

저는 지금 학교 앞에서 오빠와 같이 살고 있습니다. 우리 집은 오래됐지만 방도 넓고, 화장실도 깨끗합니다. 저는 (㉠) 정말 편합니다. 하지만 오빠는 회사가 멀어서 매일 한 시간씩 버스를 탑니다. 그래서 졸업한 후에는 오빠 회사 근처로 이사를 하려고 합니다.

49 ㉠에 들어갈 알맞은 말을 고르십시오.
① 새 집이라서
② 졸업을 해서
③ 학교가 가까워서
④ 버스를 타야 해서

50 이 글의 내용과 같은 것을 고르십시오.
① 저는 학교 앞에서 살고 싶습니다.
② 오빠는 버스를 타고 회사에 갑니다.
③ 저는 오빠 집 근처에 살고 있습니다.
④ 우리 집은 좁아도 화장실이 깨끗합니다.

※解答・解析・翻譯見 P.240

오빠 哥哥	집 家	방 房間			

✎ **必考單字**

감기	名 感冒	감기에 걸려서 열이 납니다. 得了感冒,所以有點發燒。
과일	名 水果	여름에는 수박, 포도 같은 과일을 많이 먹습니다. 夏天吃比較多西瓜、葡萄等水果。
내용	名 內容	이 책의 내용은 재미있습니다. 這本書的內容很有趣。
마지막	名 最後	마지막 사람이 문을 닫았습니다. 最後(走)的人把門關上了。
방법	名 方法	공부를 잘 하는 방법을 알고 싶습니다. 我想知道把書念好的方法。
순서	名 順序	요리하는 순서가 중요합니다. 烹飪的順序很重要。
이유	名 理由	민수 씨가 학교에 안 온 이유를 알고 싶습니다. 我想知道民秀沒有來學校的理由。
차	名 茶	저는 자기 전에 따뜻한 차를 마십니다. 我睡前喝熱茶。
나가다	動 出去	수업이 끝나서 교실에서 나갑니다. 下課了,所以從教室裡出去。
돌아오다	動 回來	고향에 가면 한 달 후에 서울에 돌아옵니다. 如果回老家,一個月以後會回首爾。
들어오다	動 進來	동생이 제 방에 들어옵니다. 弟弟進來我的房間。
떠나다	動 離開、去	저는 내일 여행을 떠납니다. 我明天出發去旅行。
사용하다	動 使用	화장실을 깨끗하게 사용해야 합니다. 必須保持洗手間的整潔。

신청하다	動 申請	저는 몸이 아파서 회사에 휴가를 신청했습니다. 我身體不舒服，所以向公司申請休假。
씻다	動 洗	비누로 손을 씻습니다. 用肥皂洗手。
예약하다	動 預約、 預訂	저는 고향으로 갈 비행기 표를 예약했습니다. 我預定了回老家的機票。
이용하다	動 使用、 利用	저는 책을 빌릴 때 학교 도서관을 이용합니다. 我借書的時候使用學校圖書館。
조심하다	動 小心	문제를 풀 때 틀리지 않게 조심하십시오. 解題的時候要小心別出錯。
지나가다	動 經過	그 버스는 학교 앞을 지나갑니다. 那台公車從學校門口經過。
지키다	動 守護	건강을 지키려면 운동을 해야 합니다. 想要守住健康，就必須運動。
건강하다	形 健康	우리 형은 운동을 해서 아주 건강합니다. 我哥哥有在運動，所以很健康。
괜찮다	形 沒關係	가: 늦게 와서 미안합니다. / 나: 괜찮습니다. 가：對不起，我來晚了。/ 나：沒關係。
중요하다	形 重要	무엇보다 건강이 중요합니다. 健康比什麼都重要。
필요하다	形 需要	다른 나라로 여행을 가려면 비자가 필요합니다. 如果要去其他國家旅行，就需要簽證。
모두	名 / 副 所有	책을 모두 읽어서 더 읽을 책이 없습니다. 所有的書都看完了，沒有可以看的書了。

A-(으)ㄴ데 V-는데	1. 用於說明後面內容的狀況或背景。跟名詞一起使用時，用作「N인데」。 　例 공부를 하는데 전화가 왔습니다. 　　我在讀書，可是電話響了。 　　제 고향은 부산인데 바다가 아름다운 곳입니다. 　　我的老家在釜山，是個有美麗大海的地方。 2. 用來表達關於後面內容的理由。這個表現跟「A／V-(으)니까」很像。後面的內容主要會使用表命令的「-(으)십시오」、「-(으)세요」或表建議的「-(으)ㅂ시다」、「-(으)ㄹ까요」。 　例 여기는 사람이 많은데 다른 곳으로 갈까요? 　　這裡人太多了，去別的地方怎麼樣？ 　　비가 오는데 여행을 취소하세요. 下雨了，請取消旅行。 3. 用於前後內容為相反或對照關係時，是與「A/V-지만」相似的表現。 　例 집 안은 따뜻한데 밖은 춥습니다. 　　家裡很暖和，但是外面很冷。 　　김치를 좋아하는데 매워서 조금만 먹었습니다. 　　我很喜歡辛奇，但是太辣了，只吃了一點。
V-(으)려고	表示做某種行動的目的。 　例 대학에 가려고 한국어를 배웁니다. 我打算上大學，所以學習韓語。
A/V-거나	表示從前後內容中任選其一。與名詞一起連用時，用作「N(이)나」的形式。 　例 주말에는 친구를 만나거나 집에서 쉽니다. 　　週末去見朋友，或在家裡休息。 　　아침에 우유나 커피를 마십니다. 　　早上喝牛奶或咖啡。

51-52

　　這個題型要閱讀文章回答問題。閱讀 5 到 6 個句子構成的文章後回答兩道題目。短文一般以說明某個事物為主題，經常使用「–（으）ㄹ 수 있다／없다」、「–（으）면 되다」、「–아／어야 하다／되다」等表現。

　　閱讀全文前，最好可以先確認 51 題的各個選項。確認完後，考生須閱讀全文並掌握文章大意才有辦法回答第 52 題。

51 選出適合填入㉠的選項

　　這題要找出可以填入㉠的表現。只要仔細閱讀㉠的前後句，就能輕鬆找到答案。

　　選項會以一個單字、四個文法表現的形式出現，或是以四個單字一個文法表現的形式出現。如果是「먹지만」、「먹거나」、「먹는데」、「먹으면」這樣用四個文法呈現「먹다」一個單字，掌握文法表現的功能會比了解單字意義更重要。相反的，如果是像「기차가 지나가서」、「기차를 기다려서」、「기차역에 내려서」、「기차역에 돌아와서」這樣，四個不一樣的單字使用「–아／어서」一個文法，就必須掌握單字的意義選出適當詞彙。

52 選出與文意相符的選項

　　這題必須閱讀全文，然後找出與內容相符的選項。考生必須邊看文章邊判斷該選項是否正確。只要仔細對照文章內容跟選項，然後把不相關的內容一個個刪掉，就能找到答案。此外，選項提供的表現不會直接使用文章裡面的表現，考生必須熟知相似單字才有辦法輕鬆找出意義相同的選項。

請正確選出文章在談論什麼

　　這題要閱讀整篇文章，然後從選項中選出正確描述文章內容的選項。通常整篇文章的主題會出現在第一句，然後會出現有關「物品使用方法」、「健康狀狀況變差的原因」、「公共設施服務內容」、「韓國可以前往的觀光勝地」、「活動中可以做的事情」、「製作食物的順序」等主題的具體內容。因此，考生必須先找出文章主題，然後從選項中選出整篇文章針對該主題談論什麼。由於有些選項會使用部分文章內容作為錯誤選項，因此重要的是要找出解說整體內容的表現。

51-52

考古題

※[51~52] 다음을 읽고 물음에 답하십시오.

겨울에 기차를 타고 떠나는 '눈꽃 여행'이 있습니다. '눈꽃 여행'은 (㉠) 즐거운 시간을 보내고 다음 역으로 가는 여행입니다. 첫 번째 역에서 내리면 눈길을 산책하고 얼음낚시를 합니다. 다음 역에서는 눈사람을 만듭니다. 그리고 마지막 역에서는 따뜻한 차를 마십니다.

---

51 ㉠에 들어갈 알맞은 말을 고르십시오. 3점
　① 기차가 지나가서　　② 기차를 기다려서
　③ 기차역에 내려서　　④ 기차역에 돌아와서

52 무엇에 대한 이야기인지 고르십시오. 2점
　① 기차 안에서 볼 수 있는 것
　② 기차를 다시 탈 수 있는 곳
　③ 눈꽃 여행을 갈 수 있는 날
　④ 눈꽃 여행에서 할 수 있는 일

〈TOPIK 37회 읽기 [51~52]〉
• 겨울　冬天
• 눈꽃 여행　雪花旅行
• 역　站
• 내리다　下
• 눈길　鋪滿雪的路
• 산책하다　散步
• 얼음낚시　冰釣
• 눈사람　雪人

51
分析內容
第三句中提到了「**첫 번째 역에 내리면**(在第一站下車的話)」，而且接下來對下一站和最後一站可以做的事也進行了說明。即「눈꽃 여행」指的是在每一站下車，享受快樂時光的旅行。所以適合填入㉠處的選項為③。

52
分析內容
去雪花旅行的話不僅可以在雪路上散步、冰釣，還可以堆雪人、品嚐熱乎乎的茶。也就是對雪花旅行中可以做的事進行了說明。所以正確答案為④。

※[51~52] 다음을 읽고 물음에 답하십시오.

> 요즘 감기에 걸린 사람들이 많은데 감기는 걸리기 전에 조심해야 합니다. 밖에 나갔다가 집에 들어오면 손과 발을 깨끗하게 씻어야 합니다. 과일을 많이 먹는 것도 좋습니다. 제일 중요한 것은 몸을 따뜻하게 해 주는 것입니다. 따뜻한 물을 (㉠) 목도리를 하면 목을 건강하게 지킬 수 있습니다.

- 걸리다 花費、得到（疾病）
- 사람 人
- 밖 外面
- 손 手
- 발 腳
- 제일 最、第一
- 몸 身體
- 물 水
- 목도리를 하다 圍圍巾、戴圍巾
- 목 脖子

51 ㉠에 들어갈 알맞은 말을 고르십시오. 3점
① 마시거나　　　② 마시니까
③ 마시려고　　　④ 마시지만

51
分析內容
㉠所在的句子提到「**따뜻한 물을 마시다**（喝熱水）」、「**목도리를 하다**（圍圍巾）」的話「목을 건강하게 지킬 수 있습니다.（可以保護喉嚨的健康）」。由此可知，㉠應該要填入可以保護喉嚨健康的方法，並使用表羅列的「**－거나**」。所以適合填入㉠的選項為①。

52 무엇에 대한 이야기인지 맞는 것을 고르십시오. 2점
① 몸을 지키는 순서
② 감기에 좋은 음식
③ 몸을 따뜻하게 하는 이유
④ 감기에 걸리지 않는 방법

52
分析內容
感冒前一定要小心一點。所以必須要洗手洗腳、多吃水果、保持身體溫暖、喝熱水或是圍圍巾。意即在說明預防感冒的方法。故正確答案為④。

51-52

※[51~52] 다음을 읽고 물음에 답하십시오.

> 1345는 외국인의 한국 생활을 도와주는 안내 전화입니다. 이 전화는 한국에서 생활하고 있는 외국인들이 모두 이용할 수 있습니다. 한국 생활에서 필요한 정보가 있으면 1345에 (㉠   ). 한국어를 몰라도 괜찮습니다. 은행이나 우체국 이용 방법을 친절하게 가르쳐 줍니다. 비자를 신청하는 방법도 확인할 수 있습니다.

51 ㉠에 들어갈 알맞은 말을 고르십시오. `3점`
① 갈 수 있습니다   ② 보낼 수 있습니다
③ 예약할 수 있습니다   ④ 물어볼 수 있습니다

52 무엇에 대한 이야기인지 맞는 것을 고르십시오. `2점`
① 비자를 신청하는 방법   ② 외국인과 한국인 비교
③ 1345 전화의 서비스 내용   ④ 1345 전화를 사용하는 사람

※解答・解析・翻譯見 P.240

외국인 外國人	생활 生活	도와주다 給予幫助	정보 資訊	한국어 韓語	은행 銀行
우체국 郵局	비자 簽證	확인하다 確認	보내다 寄送、寄給	물어보다 詢問、諮詢	
서비스 服務					

53-54

✎ 必考單字

날	名 日子	일요일은 학교에 안 갑니다. 쉬는 날입니다. 週日不去學校，是休息的日子。
모양	名 模樣	저와 동생은 머리 모양이 다릅니다. 我和弟弟的髮型不一樣。
색깔	名 顏色	옷 색깔이 예쁩니다. 衣服顏色很漂亮。
어른	名 成人、 長輩	어른을 만나면 먼저 인사해야 합니다. 見到長輩要先問好。
얼굴	名 臉	제 여동생은 얼굴이 예쁩니다. 我妹妹（的臉）很漂亮。
흰색	名 白色	제 남자 친구는 흰색이 잘 어울립니다. 我男朋友很適合白色。
또	副 又、還	어제 입은 옷을 오늘 또 입습니다. 我今天又穿了昨天穿的衣服。
특히	副 特別、 尤其	저는 운동을 좋아합니다. 특히 축구를 좋아합니다. 我喜歡運動，尤其特別喜歡足球。
항상	副 經常、 總是	저는 공부할 때 항상 음악을 듣습니다. 我念書的時候經常聽音樂。
다니다	動 上、往返	아버지는 회사에 다닙니다. 父親在公司上班。
벗다	動 脫	집에 들어갈 때에는 신발을 벗습니다. 進到家裡的時候會把鞋子脫掉。
생각하다	動 思考	내일 할 일을 생각하고 있습니다. 我正在思考明天要做的事情。
올라가다	動 上去	주말마다 산에 올라갑니다. 我每個週末都會上山。

웃다	動 笑	웃는 얼굴이 예쁩니다. 笑臉很漂亮。
태어나다	動 出生	저는 서울에서 태어났습니다. 我是在首爾出生的。
노랗다	形 黃	그 옷은 색깔이 노랗습니다. 那件衣服的顏色是黃色的。
비슷하다	形 相似	저와 제 동생은 얼굴이 비슷합니다. 我和我弟弟長得很像。
빨갛다	形 紅	가을에는 단풍의 색이 빨갛습니다. 秋天楓葉的顏色是紅的。
하얗다	形 白	어젯밤에 하얀 눈이 많이 내렸습니다. 昨天晚上下了很多潔白的雪。
둘	數 二	하나, 둘, 셋, 넷, 다섯, 여섯, 일곱, 여덟, 아홉, 열 一、二、三、四、五、六、七、八、九、十
다	名 / 副 全部	가: 숙제 다 했습니까? / 나: 네, 다 했습니다. 가:作業都做完了嗎? / 나:是的,都做完了。
화가 나다	生氣	저는 친구가 약속 시간에 늦어서 화가 났습니다. 我因為朋友約會遲到所以生氣了。
화를 내다	發脾氣	제가 숙제를 안 해서 선생님께서 화를 내셨습니다. 因為我沒有做作業,老師發了很大的脾氣。

께 께서	1. 「**께**」是「**에게**」的尊待語形式，用於動作的承受對象 為長輩或上司時。此外，「**주다、보내다、연락하다、** **전화하다、질문하다**」的尊待語形式「**드리다、보내 드** **리다、연락드리다、전화드리다、질문드리다**」也是常用 詞彙。 예 저는 부모님께 선물을 드렸습니다. 我送禮物給父母。 2. 「**께서**」作為「**이/가**」的尊待語形式，指代句子的主 語。 예 부모님께서 저에게 선물을 주셨습니다. 父母送給我禮物。
A-아/어지다	表示逐漸發生那樣的變化。 예 봄이 되면 날씨가 따뜻해집니다. 到了春天，天氣就暖和了。
V-아/어 보다	表示試圖做某件事，或曾經體驗過某件事。 예 그 사람을 한번 만나 보겠습니다. 我要見一見那個人。 저는 명동에 여러 번 가 봤습니다. 我去過明洞很多次。

53-54

這個題型要閱讀文章回答問題。閱讀 4 到 6 個句子構成的文章後回答兩道題目。這題開始單字會比前面的題目再難一點，文章的中心思想會出現在最後一句。

閱讀全文前，最好可以先確認 53 題的各個選項。確認完後，考生須閱讀全文並掌握文章大意。第 54 題用邊看文章邊跟選項進行比對的方式解題會比較有效率。

53 選出適合填入㉠的選項

這題要找出可以填入㉠的表現。只要仔細閱讀㉠的前後句，就能輕鬆找到答案。

選項會以一個單字、四個文法表現的形式出現，或是以四個單字一個文法表現的形式出現。如果是「먹지만」、「먹거나」、「먹는데」、「먹으면」這樣用四個文法呈現「먹다」一個單字，掌握文法表現的功能會比了解單字意義更重要。相反的，如果是像「기차가 지나가서」、「기차를 기다려서」、「기차역에 내려서」、「기차역에 돌아와서」這樣，四個不一樣的單字使用「–아／어서」一個文法，就必須掌握單字的意義選出適當詞彙。

54 選出與文意相符的選項

這題必須閱讀全文，然後找出與內容相符的選項。考生必須邊看文章邊判斷該選項是否正確。只要仔細對照文章內容跟選項，然後把不相關的內容一個個刪掉，就能找到答案。此外，選項提供的表現不會直接使用文章裡面的表現，考生必須熟知相似單字才有辦法輕鬆找出意義相同的選項。

53-54

考古題

※[53~54] 다음을 읽고 물음에 답하십시오.

> 저와 제 여동생은 같은 날 태어났습니다. 우리는 얼굴이 아주 비슷합니다. 머리색과 머리 모양도 같습니다. 또 청바지와 흰색 티셔츠를 좋아하는 것도 똑같습니다. 그리고 둘 다 작은 일에도 잘 웃습니다. 그래서 많은 사람들이 (㉠   ) 동생으로 생각합니다.

53 ㉠에 들어갈 알맞은 말을 고르십시오. 2점
① 저를 봐서   ② 저를 보면
③ 저를 보거나   ④ 저를 보니까

54 이 글의 내용과 같은 것을 고르십시오. 3점
① 저와 여동생은 잘 웃지 않습니다.
② 저와 여동생은 머리 색깔이 다릅니다.
③ 저와 여동생은 태어난 날이 같습니다.
④ 저와 여동생은 청바지를 잘 입지 않습니다.

① 작은 일에도 잘 웃습니다
② 머리색과 머리 모양도 같습니다
④ 청바지와 흰색 티셔츠를 좋아합니다

〈TOPIK 36회 읽기 [53~54]〉
• 여동생 妹妹
• 머리색 頭髮的顏色
• 청바지 牛仔褲
• 티셔츠 T 恤
• 똑같다 一模一樣

53
分析內容
通過㉠所在句中提到的「많은 사람들이」和「동생으로 생각합니다」可以判斷出，㉠處應該填入把「我」當成妹妹的條件或假設，可以用「-(으)면」來表達。所以最適合填入㉠處的選項為②。

54
分析內容
「我」跟妹妹的生日、臉蛋、髮色、髮型、喜歡牛仔褲跟白色 T 恤還有愛笑這幾點都一模一樣。因此正確答案為③。

※[53~54] 다음을 읽고 물음에 답하십시오.

> 저는 모자 쓰기를 좋아해서 항상 모자를 쓰고 다닙니다. 오늘도 모자를 쓰고 길을 가는데 할아버지를 만났습니다. 제가 인사를 하니까 할아버지께서 화를 내셨습니다. 한국에서는 어른 앞에서 인사할 때 (㉠) 때문입니다. 그래서 저는 앞으로 모자를 벗고 인사할 겁니다.

- 모자 帽子
- 쓰다 戴、用
- 길 路
- 할아버지 爺爺
- 만나다 見面
- 싫어지다
  （本來不討厭）變得討厭

53 ㉠에 들어갈 알맞은 말을 고르십시오. 2점
① 모자가 예쁘기　　② 모자를 좋아하기
③ 모자를 써야 하기　④ 모자를 벗어야 하기

53
分析內容
為了說明爺爺生氣的理由，必須瞭解在長輩面前要怎樣問好。㉠的前句中說到爺爺因為「我」戴著帽子向他問好所以非常生氣，而後句中又提到「我」後來問好的時候會把帽子摘掉。由此可見，㉠處應該填入與摘帽子有關的內容。所以正確答案為④。

54 이 글의 내용과 같은 것을 고르십시오. 3점
① 인사를 할 때 모자가 필요합니다.
② 저는 앞으로 모자 쓰기가 싫어졌습니다.
③ 저는 할아버지께 인사를 하지 않았습니다.
④ 할아버지께서 모자 때문에 화가 나셨습니다.

54
分析內容
問好的時候要摘掉帽子，「我」卻戴著帽子和爺爺問好。雖然爺爺因為帽子很生氣，但是「我」並沒有提到因此討厭帽子。所以正確答案為④。

53-54

※[53~54] 다음을 읽고 물음에 답하십시오.

> 제주도는 사계절이 아름다운 곳입니다. 봄에는 노란 유채꽃을 볼 수 있고, 여름에는 푸른 바다에서 수영을 합니다. 가을에는 빨간 단풍이 예쁘고, 겨울에는 하얀 눈이 내린 한라산을 구경할 수 있습니다. 특히 저는 등산을 (㉠) 계절마다 한라산에 올라가 보고 싶습니다. 이번 주말에도 한라산의 단풍을 보러 제주도에 갈 생각입니다.

53 ㉠에 들어갈 알맞은 말을 고르십시오. 2점
① 좋아해도
② 좋아해서
③ 좋아하거나
④ 좋아하지만

54 이 글의 내용과 같은 것을 고르십시오. 3점
① 제주도는 사계절이 비슷합니다.
② 저는 계절마다 한라산에 갔습니다.
③ 이번 주말에 제주도에 가려고 합니다.
④ 제주도에는 산은 있지만 바다는 없습니다.

※解答・解析・翻譯見 P.240

제주도 濟州島	사계절 四季	곳 地方	봄 春天	유채꽃 油菜花	여름 夏天
푸르다 綠色	바다 大海、海洋	수영 游泳	가을 秋天	단풍 楓葉	겨울 冬天
한라산 漢拏山	이번 這次				

55-56

물건	名 東西	가방 안에 물건이 많아서 무겁습니다. 包裡有很多東西，所以很重。
시장	名 市場	시장에서 과일을 삽니다. 在市場買水果。
오랜만	名 好久不見	오랜만에 친구를 만났습니다. 久違的和朋友見面。
올해	名 今年	저는 올해 스무 살입니다. 我今年二十歲。
놀라다	動 驚訝、驚嚇	부모님이 갑자기 학교에 오셔서 깜짝 놀랐습니다. 父母突然來學校，嚇了我一跳。
팔다	動 賣	백화점에서는 여러 가지 물건을 팝니다. 百貨公司賣很多東西。
바라다	動 希望	시험에 합격하기를 바랍니다. 希望考試通過。
보내다	動 送、度過	친구와 즐거운 시간을 보냈습니다. 和朋友度過了愉快的時光。
주고받다	動 接受、往來	친구들과 문자를 주고받았습니다. 和朋友們互傳訊息。
다양하다	形 各式各樣	시장에 가면 다양한 음식과 물건이 있습니다. 如果去菜市場，那邊有賣各式各樣的食物跟物品。
소중하다	形 珍貴、重要	저에게 제일 소중한 물건은 아버지의 편지입니다. 對於我來說最珍貴的東西就是父親的信。
특별하다	形 特別	방학에 특별한 계획이 있습니까? 放假有什麼特別的計劃嗎?

☕ 必考文法

V-기로 하다	1. 表示對未來的某種計畫或決心。 예 내년부터 담배를 피우지 않기로 했습니다. 我決定明年開始不抽菸。 2. 表示敘述與他人的約定。 예 저는 내년에 민수와 결혼하기로 했습니다. 我和民秀決定明年結婚。
N처럼	表示動作或狀態跟前面的名詞一樣或程度相似。 예 저는 아버지처럼 노래를 잘합니다. 我像爸爸一樣唱歌唱得很好。
V-(으)려고 하다	表示做某事的計劃。 예 저는 내년에 대학에 입학하려고 합니다. 我打算明年上大學。

55-56

　　這個題型要閱讀文章然後回答問題。短文會由 5 到 7 個句子構成，第 55 題配分是 2 分，第 56 題配分是 3 分。

　　這個部分常會出現的文章大多是用隨筆或說明文的方式介紹自己的經驗或對某個對象進行說明。短文會將過去跟現在做比較後指出不一樣的點，或是針對某種食物、東西、場所的特別之處進行介紹。譬如說「傳統市場的變化」、「根據場所和心情換著戴的眼鏡」、「傳統辣炒年糕跟一般辣炒年糕的差異」、「如果多點笑容，價格就會便宜一點的笑容劇場」等。因此，考生最好可以一邊思考主題是什麼、不同的點是什麼、特別的點是什麼然後一邊解題。

- -

55 選出適合填入㉠的選項

　　這題要找出適合填入㉠的正確連接副詞。因此，如果能理解㉠前後句子的關係，就可以輕鬆找到答案。假如前句內容跟後句內容相反，可使用「그러나」、「하지만」、「그런데」、「그렇지만」，不斷羅列相似內容時，可以用「그리고」。此外，如果前後句的關係是原因跟結果時，用「그래서」、「그러니까」。假如前句是後句的條件，用「그러면」。初級會出些這些程度的連接副詞，請各位考生務必熟記以下內容。

1）相反：그러나、하지만、그런데、그렇지만
　　囫 그들은 사랑했습니다. '그러나/하지만/그런데/그렇지만' 부모님의 반대로 결혼은 하지 못했습니다.
　　他們曾經很相愛。「그러나／하지만／그런데／그렇지만」父母的反對所以無法結婚。

2）羅列：그리고
　　囫 저는 수영을 좋아합니다. '그리고' 테니스도 좋아합니다.
　　我喜歡游泳，「그리고」也喜歡網球。

3）原因 – 結果：그래서、그러니까
　　囫 아이가 숙제를 하지 않았습니다. '그래서/그러니까' 엄마가 나가지 못하게 했습니다.
　　孩子不寫作業，「그래서、그러니까」媽媽不讓孩子出去玩。

4）條件：그러면
　　囫 열심히 공부하세요. '그러면' 장학금을 탈 수 있을 거예요.
　　請認真讀書，「그러면」就能拿到獎學金。

- -

56 選出與文意相符的選項

　　這題必須閱讀全文，然後找出與內容相符的選項。考生必須邊看文章邊判斷該選項是否正確。只要仔細對照文章內容跟選項，然後把不相關的內容一個個刪掉，就能找到答案。此外，選項提供的表現不會直接使用文章裡面的表現，考生必須熟知相似單字才有辦法輕鬆找出意義相同的選項。

- -

55-56

🔍 題目分析

考古題

※[55~56] 다음을 읽고 물음에 답하십시오.

제가 어렸을 때 우리 집 근처에 있는 작은 <u>시장</u>
에 자주 갔습니다. (㉠) 백화점이 생긴 후에
는 그 시장에 가지 않았습니다. 오늘은 오랜만에
그 시장에 가 보고 많이 놀랐습니다. 시장 안에
가게가 많고 살 수 있는 물건도 다양했습니다.
또 아주머니들이 맛있는 음식을 만들어서 팔고
있었습니다. 앞으로 집 근처 시장을 자주 이용하
기로 했습니다.

55 ㉠에 들어갈 알맞은 말을 고르십시오. `2점`
① 그래서　　　　② 그리고
③ 그런데　　　　④ 그러니까

56 이 글의 내용과 같은 것을 고르십시오. `3점`
① 저는 이제 시장에 자주 가려고 합니다.
② 물건을 사는 아주머니들이 많았습니다.
③ 시장이 생기기 전에 백화점에 자주 갔습니다.
④ 전에는 가게가 많아서 물건 사기가 편했습
니다.
② 아주머니들 ▷ 팔고 있었습니다
③ 백화점이 생긴 후에 시장에 가지 않았습니다
④ 오늘 시장에 갔습니다 ▷ 가게가 많고 물건이
다양했습니다

<TOPIK 37회 읽기 [55~56]>
• 어리다　年幼
• 근처　附近
• 작다　小
• 자주　經常
• 생기다　長、出現
• 많다　多
• 맛있다　好吃、好喝
• 만들다　製作
• 이용　使用、利用

55
分析內容
如果看第一句，會看到「어렸
을 때는 시장에 자주 갔다（小
時候經常去市場）」，㉠後面的
句子則提到「시장에 자주 가지
않았다（不常去市場）」。由於
㉠前後兩個句子是相反的，所
以必須填入「**그런데**」。因此正
確答案為③。

56
分析內容
這個人在有了百貨公司之後，
就完全沒去過市場。時隔許久
他去了市場一趟，有很多賣美
味食物的大嬸，店鋪也比以前
多。他打算以後常常利用市場。
「자주 이용하다」跟「자주 가다」
會被翻譯為相似的意義，因此
正確答案為①。

※[55~56] 다음을 읽고 물음에 답하십시오.

옛날에는 집에서만 전화를 사용할 수 있었습니다. 그러나 지금은 휴대전화가 생겨서 밖에서도 전화를 할 수 있습니다. 저는 휴대전화로 사진도 찍고 텔레비전도 봅니다. (㉠) 외국에 있는 친구들과도 메시지를 주고받으며 즐거운 시간을 보냅니다. 이제 휴대전화는 <u>저에게 없으면 안 되는 소중한 물건</u>이 되었습니다.

- 옛날 以前
- 사용 使用
- 지금 現在
- 휴대전화 手機
- 밖 外面
- 사진 照片
- 찍다 拍(照片), 照(相)
- 외국 外國
- 메시지 訊息、簡訊
- 즐겁다 高興、享受
- 시간 時間
- 이제 現在、如今
- 물건 東西、物品
- 되다 成為

55 ㉠에 들어갈 알맞은 말을 고르십시오. 2점
① 그래서
② 그리고
③ 그런데
④ 그러니까

55
分析內容
如果看㉠前面的句子，會看到「휴대전화로 사진도 찍고 텔레비전도 본다(用手機拍照還用手機追劇)」這句話，㉠的後句接「휴대전화로 외국에 있는 친구들과 메시지를 주고받는다(用手機跟人在國外的朋友互傳訊息)」。由於㉠的前後句都是在羅列手機的功能，所以㉠必須填入「**그리고**」。因此正確答案為②。

56 이 글의 내용과 같은 것을 고르십시오. 3점
① 저에게 휴대전화는 꼭 필요한 물건입니다.
② 저는 외국에 있는 친구들과 자주 만납니다.
③ 옛날에는 집에서만 휴대전화를 사용했습니다.
④ 옛날에는 휴대전화로 자주 사진을 찍었습니다.

56
分析內容
這篇文章在談論電話功能的改變。以前只有家用電話，所以只能用家用電話通話。隨著手機問世，電話同時具備照相、看影片、文書處理等功能。因此手機成為人們其中一項珍貴物品。「**소중한 물건**」跟「**꼭 필요한 물건**」具有相似意義，因此正確答案為①。

55-56

※[55~56] 다음을 읽고 물음에 답하십시오.

설날은 한국의 큰 명절 중에 하나입니다. 설날 아침에는 밥 대신 떡국을 먹습니다. 떡국은 설날에 먹는 특별한 음식입니다. 새해 떡국을 먹는 이유는 흰 떡처럼 깨끗하게 살고, 긴 떡처럼 건강하게 오래 살고 싶은 사람들의 마음이 들어있습니다. 남쪽 지방에서는 떡국을 먹지만 북쪽 지방에서는 만둣국을 먹기도 합니다. 만둣국을 먹는 이유는 올해 농사가 잘 되기를 바라는 의미입니다. (㉠) 설날이 되면 북쪽 지방에서는 만둣국을 먹습니다.

55 ㉠에 들어갈 알맞은 말을 고르십시오. 2점
① 그래서
② 그리고
③ 그렇지만
④ 그러니까

56 이 글의 내용과 같은 것을 고르십시오. 3점
① 설날 아침에는 밥과 떡국을 먹습니다.
② 설날 남쪽 지방 사람들은 만둣국을 먹습니다.
③ 설날에 먹는 음식은 지방마다 다르지 않습니다.
④ 사람들은 오래 살고 싶은 마음으로 떡국을 먹습니다.

※解答・解析・翻譯見 P.240

설날 春節	명절 節日	아침 早上、早餐	대신 代替	떡국 年糕湯	새해 新年
이유 理由	희다 白、皎潔	떡 年糕	건강하다 健 康	오래 살다 活得很久	마음 心情
남쪽 지방 南部地區	북쪽 지방 北部地區	만둣국 餃子湯	농사 農事、農務	의미 意思、意義	

57-58

공항	名 機場	공항에서 비행기를 탑니다. 在機場坐飛機。
노래	名 歌曲	노래방에서 노래를 부릅니다. 在練歌房唱歌。
다행	名 幸虧、萬幸	교통사고가 났는데 안 다쳐서 다행입니다. 出了交通事故，萬幸的是沒有受傷。
산책	名 散步	식사 후에 공원에서 산책을 합니다. 吃完飯以後在公園散步。
가입하다	動 加入	저는 대학교에서 태권도 동아리에 가입했습니다. 我加入了大學裡的跆拳道社團。
다녀오다	動 去過、去去就來	어머니, 학교에 다녀오겠습니다. 媽媽，我去學校了（晚些回來）。
잘하다	動 擅長、做得好	저는 한국에 살아서 한국어를 잘합니다. 我在韓國生活，所以擅長韓語。
지나다	動 過、經過	봄이 지나고 여름이 왔습니다. 春天過去，夏天來了。
잃어버리다	動 丟失	아침에 지하철에서 지갑을 잃어버렸습니다. 早上在地鐵上丟了錢包。
그립다	形 思念、想念	한국에서 혼자 살고 있어서 부모님이나 친구가 많이 그립습니다. 我自己在韓國生活，所以很想念父母和朋友。
유명하다	形 有名	한국의 김치는 외국에서도 유명합니다. 韓國的辛奇在國外也很有名。

🍵 必考文法

V-아/어 버리다	1. 表示要做的事情已經徹底結束，心裡毫無負擔。 　例　숙제를 모두 끝내 버렸습니다. 　　　作業全做完了。 2. 表示對某個結果的惋惜或遺憾。 　例　기숙사에서 함께 살던 친구가 고향으로 돌아가 버렸습니다. 　　　宿舍的室友回老家了。
A/V-(으)면서	表示同時進行兩個以上的動作或保持兩種狀態。如果與名詞一起使用，用作「N（이）면서」的形態。 　例　민수는 텔레비전을 보면서 밥을 먹고 있습니다. 　　　民秀一邊看電視一邊吃飯。 　　　이 빵은 맛있으면서 쌉니다. 　　　這個麵包很好吃，而且很便宜。 　　　민수는 어학당 학생이면서 회사원입니다. 　　　民秀既是語學堂的學生，又是公司職員。
N밖에	表示沒有其他的選擇或可能性。常與「**안、못、없다、모르다**」等否定表現連用。 　例　저는 운동은 수영밖에 못합니다. 　　　運動我除了游泳什麼都不會。 　　　지금 지갑에 1000원밖에 없습니다. 　　　我錢包裡只有 1000 韓元。

57-58

57~58 請選出排序正確的選項

這個題型要將四個排序錯誤的句子正確排列。「그래서」、「그런데」、「그러나」、「그리고」、「그래도」等連接副詞，還有「요즘」、「지난주」、「주말」、「어제」、「오늘」、「내일」等時間名詞以及「이」、「그」、「저」等指示代名詞，都在判斷句子順序中擔任重要角色。

· 連接副詞

連接前後句子的連接副詞有以下這些：表意義相反的「그러나」、「하지만」、「그런데」、「그렇지만」；表羅列的「그리고」；表原因跟結果的「그래서」、「스러니까」；表條件的「그러면」。

· 時間名詞

在排列四個句子的題目中，「요즘」、「지난주」、「주말」、「어제」、「오늘」、「내일」等時間名詞通常會出現在第一句。因為要介紹某件事情或事件時，必須先介紹「什麼時候發生了什麼事情」。因此，假如知道時間名詞的特性，就可以找到第一個句子。然後解題時搞懂第二個句子跟第一個句子的關係就能輕鬆找到下一句。

· 指示代名詞

指示代名詞「이」、「그」、「저」用於指代某事物。句子前面出現指示代名詞，就意味著前一個句子曾介紹或提及某對象。通常被介紹的對象會在下一個句子裡連同指示代名詞一起使用，以「이 사람」、「그 동전」、「그 남자」、「이 축제」的形態出現。因為這種情況通常都會對前面提到的對象做更詳細的介紹或說明，因此出現指示代名詞的句子通常會是第二句或第三句。

其中一題會跟「我」相關，另一題會介紹或說明某對象。因此，考生必須先掌握題型，然後根據題型特徵按順序排列句子，找出答案。通常第一句會給出整體內容的背景或主題。不過至今為止，考古題都有告訴考生第一句是哪個句子，所以考生只需從第二句開始找就可以了。題型句子的特性整理在下一頁，供考生們參考。

1）跟「我」有關的話題

　　至今為止，跟「我」有關的話題出過「介紹老家草莓節」、「介紹男朋友」、「介紹認識的人」、「介紹錢包掉了之後找回的過程」等。通常句子的順序會以「提供事件的背景」、「介紹事件」、「說明事件處理過程」、「對事件結果的整理」等型態出現。請考生務必熟知依照順序會出現何種型態的句子。

第一句	主要說明發生某事的背景。
第二句	會出現針對某事情或某事件介紹的句子。
第三句	接續前面句子的內容，或對事件進行更加詳細的說明。
第四句	整理到目前為止的內容或談論其結果。

2）對於某對象的介紹或說明

　　至今為止，對某個象的介紹或說明相關文字曾出現「每個動物的睡眠時間都不一樣」、「黃金小番茄的介紹」、「特別的原子筆介紹」、「外國硬幣用處的介紹」等內容。句子的順序會以下列型態呈現，請考生務必熟知依照順序會出現何種型態的句子。

第一句	說明某個時間點或狀況，在後句簡單提及可用來推測將要談論的內容。
第二句	提出實際要講述的內容。
第三句、第四句	針對第二句提出具體範例，或是類似「原因–結果」、「結果–原因」等句子。

57-58

考古題

※ [57~58] 다음을 순서대로 맞게 나열한 것을 고르십시오.

57 3점

> (가) 그런데 공항에서 지갑을 잃어버렸습니다. 事件
> (나) 지난주에 친구들과 같이 여행을 갔습니다. 背景
> (다) 지갑을 다시 찾아서 정말 다행이었습니다. 整理
> (라) 그때 안내원이 방송을 해서 지갑을 찾아 주었습니다. 解決

① (나)-(가)-(다)-(라)　② (나)-(가)-(라)-(다)

③ (나)-(다)-(가)-(라)　④ (나)-(다)-(라)-(가)

〈TOPIK 37회 읽기 [57]〉
• 지갑　錢包
• 지난주　上週
• 같이　一起
• 다시　重新
• 찾다　尋找
• 정말　真的
• 그때　那時候
• 안내원
　解說員、服務人員
• 방송　廣播
• 주다　給

57
分析內容
一個跟我有關的事件，事件的進行通常會是以下順序。
我上週去旅行（事件的背景）→錢包掉了（介紹事件）→服務人員幫我廣播，所以找到錢包（事件處理過程）→能把錢包找回來真是太好了（內容整理）。因此正確答案為②。

58 `2점`

(가) 그래서 조금 비싸지만 더 인기가 많습니다.

(나) 요즘 마트에 특별한 색의 토마토들이 많습니다.

(다) 그 중에서 특히 노란색 토마토가 인기가 있습니다.

(라) 노란색 토마토는 보통 토마토보다 맛이 더 답니다.

---

① (나)-(다)-(가)-(라)   ② (나)-(다)-(라)-(가)

③ (나)-(가)-(다)-(라)   ④ (나)-(가)-(라)-(다)

〈TOPIK 37회 읽기 [58]〉

• 조금 一點
• 인기 人氣
• 요즘 最近
• 마트 超市
• 색 顏色
• 토마토 番茄
• 특히 特別是、尤其
• 노랗다 黃
• 보통 普通、一般
• 맛 味道
• 더 更、再
• 달다 甜

58

分析內容

這是一則介紹或說明某對象的短文。

第一句是介紹某件事情或事件時，句子裡有時間名詞「요즘」的句子(나)。後面接句子裡有指示代名詞「그 중에서」的句子(다)。接著必須接表「原因－結果」的「노란색 토마토는 보통 토마토보다 달아서 인기가 있다.（因為黃色番茄比一般的番茄甜，所以很受歡迎。）」因此正確答案為②。

※ [57~58] 다음을 순서대로 맞게 나열한 것을 고르십시오.

57 3점

> (가) 공원에는 데이트를 하는 사람들이 많았습니다.
>
> (나) 어느 날 학교 근처에 있는 공원에 산책을 나갔습니다.
>
> (다) 사람들을 보면서 고향에 있는 부모님이 많이 그리웠습니다.
>
> (라) 그리고 가족들이 음식을 먹으면서 즐겁게 이야기하고 있었습니다.

① (나)-(가)-(다)-(라)　② (나)-(다)-(가)-(라)

③ (나)-(가)-(라)-(다)　④ (나)-(다)-(라)-(가)

- 데이트　約會
- 어느 날　某一天、有一天
- 근처　附近
- 나가다　出去
- 고향　故鄉、老家
- 부모님　父母
- 즐겁다　高興、開心
- 이야기하다　聊天

57
分析內容

有時間表現「어느 날~공원에 산책을 나갔다(有一天~去公園散步)」的句子是第一句，仔細介紹該公園的（가）是第二句。用「그리고」連接「在公園約會的人」、「跟家人愉快聊天的人」的句子（라）是第三句，最後一句是（다）。因此正確答案為③。

58 2점

> (가) 요즘 특별한 영화관이 많이 소개되고 있습니다.
>
> (나) 집처럼 편안하게 영화를 볼 수 있기 때문입니다.
>
> (다) 그래서 가격은 좀 비싸지만 젊은 사람들에게 인기가 많습니다.
>
> (라) 그 중에서도 침대에서 영화를 볼 수 있는 영화관이 인기가 있습니다.

① (가)-(다)-(라)-(나)　② (가)-(라)-(다)-(나)
③ (가)-(다)-(나)-(라)　④ (가)-(라)-(나)-(다)

- 특별하다 特別
- 소개되다 介紹
- 편안하다 舒適
- 가격 價格
- 젊다 年輕
- 침대 床

58
分析內容
有時間表現「요즘 특별한 영화관~（最近特別的電影院~）」的句子是第一句，詳細解說那家電影院的句子（라）是第二句。連接副詞「그래서」前面的內容是後面內容的原因或根據，所以有「그래서」的句子（다）是最後一句。因此正確答案為④。

🖱 **實戰練習**

※[57~58] 다음을 순서대로 맞게 나열한 것을 고르십시오.

57 3점

> (가) 제 룸메이트는 미국에서 온 마이클입니다.
> (나) 마이클은 노래를 좋아해서 노래 동아리에 가입했습니다.
> (다) 저도 마이클처럼 노래도 잘하고 친구도 많았으면 좋겠습니다.
> (라) 그런데 이제 3개월밖에 안 됐는데 친구도 많고 한국 노래도 잘합니다.

① (가)-(나)-(다)-(라)   ② (가)-(다)-(라)-(나)
③ (가)-(나)-(라)-(다)   ④ (가)-(다)-(나)-(라)

58 2점

> (가) 그곳은 한국의 비빔밥이 유명한 도시입니다.
> (나) 지난 주말에 친구와 함께 여행을 다녀왔습니다.
> (다) 비빔밥은 밥에 채소를 올린 후 고추장을 넣어서 만든 음식입니다.
> (라) 그런데 건강에도 좋고 맛도 좋아서 외국인들에게 인기가 많습니다.

① (나)-(다)-(가)-(라)   ② (나)-(가)-(다)-(라)
③ (나)-(다)-(라)-(가)   ④ (나)-(가)-(라)-(다)

※解答・解析・翻譯見 P.240

룸메이트 室友	좋아하다 喜 歡	동아리 社團	되다 變成、成為	비빔밥 拌飯	도시 城市
함께 一起	채소 蔬菜	올리다 加	고추장 辣椒醬	만들다 製作	건강 健康

59-60

📝 必考單字

기분	图 心情	시험을 잘 못 봐서 기분이 안 좋습니다. 考試沒考好，所以心情不好。
유학	图 留學	저는 한국어를 공부하러 한국에 유학을 왔습니다. 我是來韓國學韓語的。
작년	图 去年	저는 작년에 대학교를 졸업했습니다. 我去年大學畢業。
점심 식사	图 午餐	점심 식사를 맛있게 드셨습니까? 午餐有吃飽嗎？
직접	图 親自、直接	제가 선생님을 만나서 직접 이야기하겠습니다. 我親自去找老師說。
처음	图 第一次	우리는 한국에서 처음 만났습니다. 我們在韓國第一次見面。
혼자	图 自己、獨自	저는 혼자 살고 있습니다. 我自己生活。
천천히	副 慢慢地	저는 친구와 천천히 걸으면서 많은 이야기를 했습니다. 我和朋友一邊慢慢走，一邊聊天。
일하다	動 工作	저는 병원에서 일합니다. 我在醫院工作。
듣다	動 聽	저는 음악을 좋아해서 항상 음악을 들으면서 공부합니다. 我喜歡音樂，所以經常一邊聽音樂一邊讀書。
싫다	形 討厭	저는 겨울이 싫습니다. 我討厭冬天。

必考文法

V-게 되다	表示實現了某種情況。 例 한국에서 공부하면서 한국어를 잘하게 되었습니다. 　　在韓國學韓語，韓語變得很流利。
V-(으)ㄴ 적이 있다/없다	表示過去曾經做過某事或者有過某項特殊經歷。 例 저는 제주도에 간 적이 있습니다. 我去過濟州島。

59-60

　　這個題型要閱讀短文回答問題。文章內容通常會是「健康管理法或烹飪法」等對生活有幫助的知識，或說明類似興趣之類的個人經驗。介紹個人經驗的短文會出現「演出時如果聽到觀眾的掌聲，心情就會很好，跳舞跳得更賣力。只會打遊戲的我遇見媽媽買回來的小狗後，比起遊戲更喜歡小狗。」等因為某個契機而產生情感變化或行為變化的內容。

　　短文會由 5～6 個句子構成，考生在閱讀全文前，最好可以先確認第 59 題「題目中提到的句子」。接著須在閱讀全文的同時掌握短文大意。

---

59 選出適合填入句子的位置。

　　這個題型要把題目給的句子正確填入㉠、㉡、㉢、㉣其中一個位置。考生可以先看一遍「考題提供的句子」，理解句子在講什麼之後，一邊閱讀全文一邊選擇適合填入該句子的位置。假如有看到「그래서」、「그런데」、「그러나」、「그리고」、「그래도」等連接副詞，請考生務必掌握前後句子的「原因–結果」、「條件」、「對照」、「羅列」等意義上的關聯。

　　如果閱讀短文時看到「考題提供的句子」中出現過的字彙、文法，**請務必留意**。像是這種情形，後句常會擴充前句的內容進行具體說明，或表達「根據時間經過產生的變化」。

---

60 選出與文意相符的選項

　　這題必須閱讀全文，然後找出與內容相符的選項。考生必須邊看文章邊判斷該選項是否正確。只要仔細對照文章內容跟選項，然後把不相關的內容一個個刪掉，就能找到答案。此外，選項提供的表現不會直接使用文章裡面的表現，考生必須熟知相似單字才有辦法輕鬆找出意義相同的選項。

59-60

考古題

※[59~60] 다음을 읽고 물음에 답하십시오.

> 걷기는 <u>많은 사람들이 쉽게 할 수 있는 운동입니다.</u>
> (㉠)
> 걷는 것은 건강에 도움이 많이 됩니다. (㉡) 다
> 리만 움직이면서 걷는 것이 아니고 온몸이 움직이
> 게 되기 때문입니다. (㉢) 그런데 걷기 운동을
> 할 때에는 <u>천천히 걷기 시작해서 조금씩 빨리 걷</u>
> <u>는 것이 좋습니다.</u> (㉣) 이렇게 하는 것이 건강
> 에 도움이 더 많이 됩니다.

59 다음 문장이 들어갈 곳을 고르십시오. `2점`

> 어린 아이부터 나이가 많은 사람까지 모두 쉽게
> 할 수 있습니다.

　① ㉠　　　② ㉡　　　③ ㉢　　　④ ㉣

60 이 글의 내용과 같은 것을 고르십시오. `3점`
　① 사람들은 걸을 때 온몸이 움직이게 됩니다.
　② 다리만 움직이면서 걷는 것이 건강에 좋습니다.
　③ 걷기 운동은 처음부터 빨리 걷는 것이 좋습니다.
　④ 천천히 오래 걷는 것이 건강에 더 도움이 됩니
　　다.

　② 건강에 도움 ▷ 온몸을 움직이게 되기 때문
　③ 천천히 걷기 시작해서
　④ 조금씩 빨리 걷는 것이 좋습니다

<TOPIK 41회 읽기
[59~60]>
• 걷다　走、走路
• 도움이 되다　有幫助
• 움직이다　移動
• 시작하다　開始
• 조금씩　一點一點的
• 이렇게　這樣
• 건강　健康

59
分析內容
題目給的句子具體說明了可以輕易從事走路運動的對象是「어린 아이부터 나이가 많은 사람까지（從小朋友到長者）」。㉠的前句說走路是很容易就可以做到的運動，且對象是「많은 사람들（許多人）」，因此，考題提供的句子針對㉠前面的句子做了更詳細的說明。所以正確答案為①。

60
分析內容
走路的時候最好從緩速行走開始然後一點一點的提高速度。走路有益於身體健康的原因就在於「다리만 움직이면서 걷는 것이 아니고 온몸이 움직이게 되기 때문이다（不僅僅是腿部的運動，而是全身的運動）」。所以正確答案為①。

※[59~60] 다음을 읽고 물음에 답하십시오.

> 저는 회사에 다니기 전에는 커피를 마시지 않았습니다. (㉠) 그러나 직장 생활을 하면서 커피를 처음 마시게 되었습니다. (㉡) 특히 점심 식사 후에는 커피를 꼭 마십니다. (㉢) 밥을 먹은 다음에 커피를 마시면 잠이 오지 않아서 일하는 데 좋습니다. (㉣)

59 다음 문장이 들어갈 곳을 고르십시오. `2점`

> 처음에는 아침에만 한 잔 마셨는데 요즘은 하루에 세 잔 정도 마십니다.

① ㉠   ② ㉡   ③ ㉢   ④ ㉣

60 이 글의 내용과 같은 것을 고르십시오. `3점`
① 저는 어렸을 때부터 커피를 좋아했습니다.
② 요즘 잠이 오지 않아 커피를 마시지 않습니다.
③ 점심을 먹으면서 커피를 마시면 잠이 오지 않습니다.
④ 회사에 처음 다녔을 때는 하루에 한 잔 정도 마셨습니다.

- 전 前
- 마시다 喝
- 않다 不、沒有
- 직장 생활 職場生活
- 후 後
- 꼭 一定、務必
- 다음 下一次、下一個
- 잠 睡眠
- 잠이 오다 睏、想睡覺

59
分析內容
考題提供的句子裡使用到的單字「처음」也有用在㉡前面的句子。這是藉由重複使用相同字彙來說明「根據時間經過產生的變化」。題目的句子「起初只有早上的時候喝一杯，最近一天要喝三杯左右。」與㉡前面的句子相呼應，最適合填入的位置為㉡，正確答案為②。

※整理一下思緒：
我開始上班前是不喝咖啡的。（㉠）→不過，隨著我開始工作，第一次開始喝咖啡。→（㉡）起初只有早上的時候喝一杯，最近一天要喝三杯左右。→尤其中午吃飽後一定要喝杯咖啡。→（㉢）飯後喝杯咖啡就不會想睡覺，對工作有幫助。（㉣）

60
分析內容
這個人從他踏入職場後就開始喝咖啡，因為吃飽飯後喝咖啡不會想睡覺，對工作有幫助，所以他午飯後一定要喝一杯咖啡。他剛開始工作的時候只有早上會喝一杯咖啡。正確答案為④。

59-60

※[59~60] 다음을 읽고 물음에 답하십시오.

> 저는 고향에 있을 때 어머니가 항상 요리를 해 주셔서 요리를 한 적이 한 번도 없
> 었습니다. (㉠) 우리 어머니는 요리를 하실 때 자주 라디오를 들으셨습
> 니다. (㉡) 그런데 저는 작년에 한국에 유학을 오면서 혼자 살게 되었습니다.
> (㉢) 그래서 이제는 제 손으로 직접 요리를 합니다. (㉣) 그럼 기분도 좋
> 아지고 요리도 즐거워집니다.

59 다음 문장이 들어갈 곳을 고르십시오. `2점`

> 가끔 요리를 하기 싫을 때는 어머니처럼 라디오를 들으면서 요리를 합니다.

① ㉠   ② ㉡   ③ ㉢   ④ ㉣

60 이 글의 내용과 같은 것을 고르십시오. `3점`
① 저는 청소와 빨래를 하면 기분이 좋아집니다.
② 저는 고향에서 요리를 한 적이 한 번 있습니다.
③ 저는 한국에 오기 전에 어머니의 일을 잘 도왔습니다.
④ 저는 엄마처럼 음악을 들으면서 요리하는 것을 좋아합니다.

※解答・解析・翻譯見 P.240

고향 故鄉、老家	항상 總是	한 번 一次	자주 經常	라디오 廣播	살다 居住、生活
이제 現在、如今	가끔 偶爾	그럼 那麼	즐겁다 高興、愉快		

艾蜜莉會計師教你聰明節稅
（2024年最新法規增訂版）

圖解個人所得、房地產、投資理財、遺贈稅

2024年新增——
- 囤房稅2.0
- 不動產傳承規劃案例
- 2024年最新免稅額、扣除額及課稅級距
- 2024年最新基本所得稅免稅額
- 2024年最新遺贈稅扣除額

完整的節稅指南及系統化個人稅務說明。

只有要所得就要繳稅，而所得來源分為以下四種：個人所得、房地產、投資理財、遺贈稅。

本書就這四方面產生的稅，做詳盡的說明，並最依當年法規，做即時的修正。

除了讓你搞懂要繳什麼稅，也告訴你如何合法節稅。

作者／鄭惠方　定價／420元

一口氣看懂世界金融關鍵指標
成為投資大贏家

STEP BY STEP由權威單位下載歷史資料，讓你對全球景氣動向產生直覺反應。

你的提款卡密碼你會告訴祕書？理財顧問？或是自己掌握？

影響全球投資的關鍵密碼，你怎麼可以只聽媒體、網紅的意見，而不自己進行分析、收集？

台灣是小型的開放經濟體，台灣的經濟發展受全球經濟走向影響，而美國又是引領全球經濟的主要力量（其實是最重要的力量）。因此，你只要能掌握美國的經濟走勢，就對事業的經營、投資，產生極大的幫助。至少你不會後知後覺。明明景氣要衰退了，還感覺良好，成為最後一隻老鼠。

作者／廖仁傑　定價／499元

好書出版 · 精銳盡出

台灣廣廈國際出版集團
Taiwan Mansion International Group

BOOK GUIDE

2024 財經語言 · 春季號 02

知 · 識 · 力 · 量 · 大

＊書籍定價以書本封底條碼為準

地址：中和區中山路2段359巷7號2樓
電話：02-2225-5777＊310；105
傳真：02-2225-8052
E-mail：TaiwanMansion@booknews.com.tw
總代理：知遠文化事業有限公司
郵政劃撥：18788328
戶名：台灣廣廈有聲圖書有限公司

財經傳訊 幫你一手掌握「理財金融、工作趨勢、經營管理」新觀念

財經傳訊 幫你一次進入「人文殿堂、完美溝通、勵志人生」新概念

LA PRESS 語研學院 用最新的學習概念、高效學好外語

國際學村 最專業的教學教材選用書！暢銷外語學習書！

國際學村 全民英檢、新制多益專業準備用書

61-62

✏️ 必考單字

가게	名 店鋪、商店	가게에서 주스를 삽니다. 在商店裡買果汁。
경험	名 經驗	저는 여러 가지 아르바이트를 해 봐서 경험이 많습니다. 我打過好多種工，所以很有經驗。
기억하다	動 記憶、記住	10년 전 친구를 만났는데 그 친구는 저를 기억하지 못합니다. 見到了十年前的朋友，但是朋友不記得我了。
느끼다	動 感受	저는 친구가 도와줄 때, 친구의 사랑을 느낍니다. 朋友幫助我的時候，我感受到了朋友的愛。
바꾸다	動 換	옷이 작아서 큰 옷으로 바꿨습니다. 衣服有點小，所以換了件大的。
생각나다	動 思考、想	고향 사진을 보면 부모님이 생각납니다. 看到老家的照片就想起父母。
원하다	動 願、希望	사람들은 건강하게 살기를 원합니다. 人們都希望健康的生活。

N(이)라고	用於向他人介紹自己時。 예 저는 민수라고 합니다. 我叫民秀。
V-고 싶어 하다	表示他人的希望或願望。 예 여동생은 그 남자와 결혼하고 싶어 합니다. 我妹妹想和那個男子結婚。
V-기 바라다	用於表示希望實現某事或變成某種狀態。 예 할아버지, 올해도 건강하시기 바랍니다. 爺爺，希望您今年也能夠健健康康。
A/V-다가	表示在某種行為或狀態還沒有結束的時候，轉為另外一種行為 或狀態。 예 밥을 먹다가 전화를 받았습니다. 吃飯吃到一半接了電話。

61-62

61~62 閱讀文章並回答下列問題。

　　這個題型要閱讀文章並回答問題。短文由 5 ～ 6 個句子構成，內容多為介紹、說明對日常生活有幫助的生活資訊或知識情報。譬如「硬幣比紙鈔更早誕生的理由」、「無車道路活動介紹」等。此外，也有很多以「特別活動」、「店鋪」、「姓名」等作為題材，針對這些題材進行說明的說明文。譬如「名字的特別意義」、「製作特殊 T 恤的店家」等。因此，考生必須重點理解「短文的題材是什麼」、「特別的點是什麼」、「短文想要介紹什麼」才能輕鬆解題。

61 選出適合填入㉠的選項

　　這題要閱讀全文，找出適合填入㉠的選項。填入㉠的內容主要是連接表現。連接表現跟終結表現有重要關聯。因此，只要知道終結表現，就能輕鬆找出可放入㉠的連接表現。下表是考試時常常搭配在一起使用的文法跟表現，請考生務必熟記。

	常見的文法表現組合	例句
1	–(으)면서~ – 다	공부하면서 음악을 듣습니다 . 我一邊念書一邊聽音樂。
2	–(으)면~ –(으)ㄹ 수 있다／없다	열심히 운동을 하면 건강해질 수 있습니다 . 如果努力運動，身體就會變健康。
3	–(으)니까~ –(으)세요	오늘은 아프니까 집에서 쉬세요 . 既然您今天不舒服，就請在家裡休息吧。
4	–(으)려면~ – 아／어야 되다	계속 장학금을 받으려면 열심히 공부해야 됩니다 . 如果想繼續領獎學金，就必須努力念書。
5	– 아／어도~ – 아／어야 되다 .	피곤해도 오늘까지 숙제를 해야 됩니다 . 就算累，今天也得把作業寫完。
6	– 아／어서~ – 지 못하다	눈이 나빠서 책을 읽지 못합니다 . 因為眼睛不好，所以無法看書。

　　此外，如果理解前後句子的文章脈絡，就能輕鬆找到答案。考生可以藉由前句看到的連接副詞來掌握句子的脈絡。表相反的連接副詞有「그러나」、「하지만」、「그런데」、「그렇지만」；表羅列的連接副詞有「그리고」；表原因 – 結果的連接副詞有「그래서」、「그러니까」；表條件的連接副詞有「그러면」。

62 選出與文意相符的選項

　　這題必須閱讀全文，然後找出與內容相符的選項。考生必須邊看文章邊判斷該選項是否正確。只要仔細對照文章內容跟選項，然後把不相關的內容一個個刪掉，就能找到答案。此外，選項提供的表現不會直接使用文章裡面的表現，考生必須熟知相似單字才有辦法輕鬆找出意義相同的選項。

61-62

考古題

※[61~62] 다음을 읽고 물음에 답하십시오. 각 2점

> 저는 어제 친구하고 재미있는 옷 가게에 갔습니다. 그
> 가게에서는 우리가 <u>티셔츠의 그림을 직접 그릴 수 있
> 습니다</u>. 그림을 그려서 주면 그것을 티셔츠로 만들어
> 줍니다. 어제 우리는 티셔츠를 하나씩 만들어 입었습
> 니다. 같은 티셔츠를 입으니까 친구가 더 소중하게 느
> 껴졌습니다. 그 옷을 (㉠   ) 친구가 생각날 것 같
> 습니다.

〈TOPIK 37회 읽기 [61~62]〉

• 재미있다　有意思、有趣
• 티셔츠　T恤
• 그림　那麼
• 그리다　畫
• 하나　一個
• 느끼다　感受、感覺
• 구경하다　參觀、觀賞
• 같다　一樣、相同

61 ㉠에 들어갈 알맞은 말을 고르십시오.

① 만든 지　　　　　② 만든 후에

③ 입을 때마다　　　④ 입어 봐서

61
分析內容
㉠後面提到「會想起朋友」。也就是說，㉠處應該填入能使我「想起朋友」的行為。所以正確答案為③。

62 이 글의 내용과 같은 것을 고르십시오.

① 저는 어제 친구와 티셔츠를 구경했습니다.

② 저는 친구의 티셔츠를 사러 가게에 갔습니다.

③ 가게에서 우리가 원하는 그림을 그려 주었습
니다.

④ 우리는 같은 티셔츠를 입고 더 가깝게 느꼈습
니다.

①, ② 티셔츠에 그림을 직접 그릴 수 있습니다
③ 우리는 티셔츠를 하나씩 만들어 입었습니다

62
分析內容
這家店裡可以把自己親自畫的畫做成 T 恤。和朋友穿了一樣的 T 恤，感覺朋友更加重要了。也可以說是覺得和朋友更要好了。所以正確答案為④。

※[61~62] 다음을 읽고 물음에 답하십시오. 각 2점

> 제 이름은 김별입니다. 할아버지께서 밤하늘의 별처럼 밝고 큰 사람이 되기를 바라셨습니다. 그래서 김별로 이름을 지어 주셨습니다. 그런데 어머니와 아버지는 별 뒤에 '님'을 (㉠) 별님이라고 부릅니다. 하늘의 별처럼 소중한 사람이 되기를 바라시기 때문입니다. 저도 할아버지와 부모님이 지어 주신 이름의 의미처럼 밝고 소중한 큰 별이 되고 싶습니다.

- 이름 名字
- 할아버지 爺爺
- 밤하늘 夜空
- 별 星星
- 밝다 明亮
- 바라다 希望、盼望
- 짓다 做
- 뒤 後
- 부르다 叫
- 의미 含義、意義
- 붙이다 貼上、黏上

61 ㉠에 들어갈 알맞은 말을 고르십시오.

① 붙여서　　　　② 붙이는데

③ 붙이면　　　　④ 붙이려고

61
分析內容

㉠應該要填入說明的句子，解釋取名「星星大人」的過程。「별＋님＝별님」跟「별 뒤에 님을 붙이다（星星後面加上尊稱）」這句話是一樣的。取了名字之後，話者就使用那個名字。此時，要使用表順序的「－아／어서」。所以正確答案為①。

62 이 글의 내용과 같은 것을 고르십시오.

① 할아버지가 제 이름을 바꾸셨습니다.

② 우리 가족은 저를 모두 별이라고 부릅니다.

③ 제 이름 김별은 소중한 사람을 의미합니다.

④ 할아버지는 밤하늘의 별이 되고 싶어 하십니다.

62
分析內容

爺爺雖然給「我」起了「김별（金星）」這個名字，但是父母卻叫我「별님」。爺爺起的「별」這個名字含義是「珍貴的人」。所以正確答案為③。

61-62

※[61~62] 다음을 읽고 물음에 답하십시오. 각 2점

> 지난주에 남자 친구와 함께 제주도에 갔습니다. 제주도는 한국에서 유명한 관광
> 지입니다. 우리는 여행을 하다가 특별한 가게에서 재미있는 경험을 했습니다. 휴
> 대전화로 찍은 사진을 주면 그것을 컵으로 만들어 주는 가게였습니다. 우리는 오
> 늘을 (㉠   ) 컵을 하나씩 만들어 가졌습니다. 그리고 아침마다 같은 컵으로 커
> 피를 마시면서 서로를 생각하기로 약속했습니다.

61 ㉠에 들어갈 알맞은 말을 고르십시오.
　① 기억해서　　　　　　　② 기억해도
　③ 기억하니까　　　　　　④ 기억하려고

62 이 글의 내용과 같은 것을 고르십시오.
　① 남자친구에게 컵을 만들어 선물했습니다.
　② 제주도에서 찍은 사진으로 컵을 만들었습니다.
　③ 우리는 아침마다 만나서 커피를 마시기로 했습니다.
　④ 우리는 제주도 여행을 기억하고 싶어서 컵을 만들었습니다.

※解答・解析・翻譯見 P.240

지난주	제주도	유명하다	관광지	휴대전화	컵
上週	濟州島	有名	旅遊勝地	手機	杯子
가지다	**서로**	**약속하다**	**물건**		
拿、帶	互相	約定	東西		

63-64

✏ 必考單字

가격	名 價格	시장에서 채소를 사면 가격이 쌉니다. 在市場買蔬菜價格很便宜。
발표	名 發表	우리 반 학생들 앞에서 발표를 했습니다. 在我們班同學面前上台發表。
유학생	名 留學生	저는 한국에 유학 온 유학생입니다. 我是來韓國留學的留學生。
제목	名 題目	내일 보기로 한 영화 제목을 알려 주십시오. 請告訴我明天要看的電影名字（題目）。
참석	名 參加	유학생은 모두 이번 행사에 참석을 합니다. 留學生全都參加了這次活動。
계획하다	動 計劃	방학에 여행을 하고 싶어서 요즘 여행 일정을 계획하고 있습니다. 放假的時候想要去旅行，所以最近正在制定旅行計劃。
모이다	動 聚會、聚集	제 생일을 축하하려고 친구들이 모였습니다. 為了給我慶祝生日，朋友們聚到了一起。
소개하다	動 介紹	제 고향을 친구들에게 소개하려고 합니다. 我要向朋友們介紹我的故鄉。
신다	動 穿	날씨가 추워서 따뜻한 양말을 신었습니다. 天冷了，所以穿上了暖和的襪子。
열리다	動 舉行、舉辦	오늘은 학교에서 음악회가 열립니다. 今天學校舉辦音樂會。
참가하다	動 參加	저는 이번 말하기 대회에 참가합니다. 我參加了這次演講比賽。
초대하다	動 邀請	생일에 친구들을 초대하려고 합니다. 生日的時候我想邀請朋友們。
출발하다	動 出發	비행기가 3시에 출발합니다. 飛機 3 點起飛。

확인하다	動 確認	시험 결과를 확인했습니다. 我確認了考試結果。
전	名 / 冠 前	시작 시간 10분 전까지 오시기 바랍니다. 請於開始前 10 分鐘過來。
감사하다	動 / 形 感謝	도와주셔서 감사합니다. 謝謝您幫我。
관심(이) 있다	感興趣	저는 한국 영화에 관심이 있어서 한국어를 배우게 됐습니다. 我對韓國電影感興趣，所以開始學韓語。
알려 주다	告訴、教	저는 친구에게 한국 노래를 알려 주고 있습니다. 我正在教朋友韓國歌曲。
연락(을) 주다	聯繫	어려운 일이 있으면 저에게 연락 주십시오. 遇到困難請打電話給我。

63-64

　　這個題型要閱讀電子郵件或網路公告等類型的文章並回答問題。透過電子郵件或網路公告的標題可以獲得主題或重要資訊。會出現關於比賽（運動、演講、作文）、文化活動（音樂會、文化體驗）的介紹或物品銷售相關廣告等內容。文章會由 5 ～ 6 個句子構成，閱讀短文前，最好可以先確認一下第 63 題的每一個選項。確認完後，考生必須一邊閱讀文章一邊掌握文章大意。第 64 題建議考生用邊看文章邊跟選項進行比對的方式解題會比較有效率。

---

63 選出寫這篇短文的原因

　　這一題要找出作者為什麼要寫這篇文章。建議考生先閱讀選項，然後一邊看短文一邊找原因。寫文章的原因經常出現在第一句或最後一句，請考生務必留意。因為是寫介紹或廣告的原因，所以選項中經常使用「– (으) 려고」、「– 고 싶어서」之類的文法表現搭配類似下列的單字一起使用。因此，考生最好可以先熟記這些表現。

　　– 계획하다、소개하다、안내하다、알려 주다、신청 받다、초대하다、취소하다、확인하다

---

64 選出與內容相符的選項

　　因為這一題找出文中訊息比理解整篇文章更重要，所以必須以掌握文章訊息為主來閱讀這篇文章。讀的時候必須掌握場所、時間、行程。考生須一邊看文章一邊判斷選項是否正確。仔細對照文章內容跟選項，然後把不相關的內容一個個刪掉，就能找到答案。此外，選項提供的表現不會直接使用文章裡面的表現，考生必須熟知相似單字才有辦法輕鬆找出意義相同的選項。

63-64

考古題

※[63~64] 다음을 읽고 물음에 답하십시오.

63 김윤미 씨는 왜 이 글을 썼습니까? <u>2점</u>
　① 그림책을 팔고 싶어서
　② 그림책을 바꾸고 싶어서
　③ 그림책을 소개하고 싶어서
　④ 그림책에 대해 물어보고 싶어서

64 이 글의 내용과 같은 것을 고르십시오. <u>3점</u>
　① 이 그림책은 새 책입니다.
　② 여러 번 읽었지만 깨끗합니다.
　③ 초등학교 가기 전에 읽는 책입니다.
　④ 책값에 배달 비용도 들어 있습니다.

　　　①, ② 한 번밖에 안 읽어서 깨끗합니다
　　　③ 초등학생들이 읽을 수 있습니다

〈TOPIK 36회 읽기 [63~64]〉
• 어린이　兒童
• 용품　用品
• 게시판　留言板、公告欄
• 그림책　繪本
• 초등학생　小學生
• 배달 비용　運費
• 포함하다　包含
• 아이들　孩子們
• 이메일　電子郵件
• 초등학교　小學
• 들어 있다　裝有、包含

63
分析內容
這篇文章是網路書籍留言板上的內容，刊登了繪本相關介紹、價格、銷售方式、聯繫方式等。也就是說，這是一則為了賣繪本寫的短文。正確答案為①。

64
分析內容
這本繪本小學生也可以看，因為只翻閱過一次，書況還很新。書的售價包含了運費。「비용을 포함하다」跟「비용이 들어 있다」的意思很類似，因此正確答案為④。

※[63~64] 다음을 읽고 물음에 답하십시오.

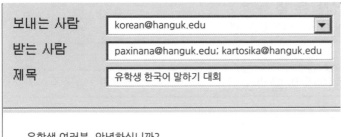

보내는 사람	korean@hanguk.edu
받는 사람	paxinana@hanguk.edu; kartosika@hanguk.edu
제목	유학생 한국어 말하기 대회

유학생 여러분, 안녕하십니까?
'제3회 유학생 한국어 말하기 대회'가 다음 달 18일에 한국대학교에서 있습니다.
이번 대회의 주제는 한국을 소개하는 것입니다. 발표 시간은 10분입니다. 이 대회에 참가하고 싶은 학생은 이메일로 신청을 해 주시기 바랍니다. 참가 신청은 이번 주 금요일 오후 6시까지입니다. 많은 신청을 바랍니다.

한국대학교 한국어학당

- 받는 사람　收件人
- 보낸 사람　寄件人
- 말하기 대회　演講比賽
- 주제　主題
- 신청　申請
- 바라다　希望、盼望
- 학생　學生
- 한국어학당　韓國語學堂
- 날짜　日子、日期
- 사무실　辦公室

63 한국어학당에서는 왜 이 글을 썼는지 맞는 것을 고르십시오. 2점
① 말하기 대회에 초대하려고
② 말하기 대회 날짜를 알려 주려고
③ 말하기 대회 참가 신청을 받으려고
④ 말하기 대회에서 한국을 소개하려고

63
分析內容
這是為了介紹演講比賽寄送的電子郵件。信中介紹了演講比賽的基本資訊還有報名方法。透過「많은 신청을 바랍니다(希望大家踴躍報名)」這句話可以得知，寄這封信的目的是希望可以收到演講比賽的報名申請。因此正確答案為③。

64 이 글의 내용과 같은 것을 고르십시오. 3점
① 이 대회에서는 10분 동안 발표를 해야 합니다.
② 말하기 대회는 이번 주 금요일 6시에 열립니다.
③ 참가 신청은 한국어학당 사무실로 가서 해야 합니다.
④ 유학생은 모두 말하기 대회에 참가 신청을 할 겁니다.

64
分析內容
報名截止時間到本周五下午六點。不是每一位留學生都得回信，想報名的學生回信即可。演講發表時間為10分鐘，因此正確答案為①。

63-64

※[63~64] 다음을 읽고 물음에 답하십시오.

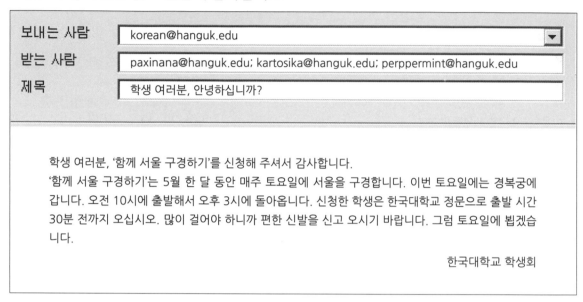

보내는 사람	korean@hanguk.edu
받는 사람	paxinana@hanguk.edu; kartosika@hanguk.edu; perppermint@hanguk.edu
제목	학생 여러분, 안녕하십니까?

학생 여러분, '함께 서울 구경하기'를 신청해 주셔서 감사합니다.
'함께 서울 구경하기'는 5월 한 달 동안 매주 토요일에 서울을 구경합니다. 이번 토요일에는 경복궁에 갑니다. 오전 10시에 출발해서 오후 3시에 돌아옵니다. 신청한 학생은 한국대학교 정문으로 출발 시간 30분 전까지 오십시오. 많이 걸어야 하니까 편한 신발을 신고 오시기 바랍니다. 그럼 토요일에 뵙겠습니다.

한국대학교 학생회

63 학생회에서는 왜 이 글을 썼는지 맞는 것을 고르십시오. 2점
① 함께 서울 구경하기를 계획하려고
② 함께 서울 구경하기 참석을 확인하려고
③ 함께 서울 구경하기 참가 신청을 받으려고
④ 함께 서울 구경하기 시간과 장소를 안내하려고

64 이 글의 내용과 같은 것을 고르십시오. 3점
① 신청자는 열 시 반까지 모여야 합니다.
② 신청자는 모두 운동화를 신고 와야 합니다.
③ 신청자는 정문에서 모인 후에 함께 출발합니다.
④ 신청자는 5월에 토요일마다 경복궁에 갈 겁니다.

※解答・解析・翻譯見 P.240

구경하다 參觀、觀賞	경복궁 景福宮	오전 上午	오후 下午	정문 正門、大門
안내하다 介紹、說明	뵙다 見面	학생회 學生會	신발 鞋子	운동화 運動鞋
돌아오다 回來				

65-66

✏️ 必考單字

정도	名 程度、左右	집에서 학교까지 걸어서 10분 정도 걸립니다. 從家裡走到學校大概需要 10 分鐘左右。
최근	名 最近	이 티셔츠는 최근 유행하는 옷입니다. 這件 T 恤是最近流行的服裝。
고르다	動 選	저는 옷을 살 때 옷을 고르기가 힘듭니다. 我買衣服的時候有選擇困難症。
선택하다	動 選擇	먹고 싶은 음식을 선택하면 만들어 줍니다. 選出你想吃的東西，我做給你吃。
유행하다	動 流行	요즘 감기가 유행하고 있습니다. 最近感冒盛行。
준비하다	動 準備	생일 선물을 준비하려고 선물 가게에 갔습니다. 為了準備生日禮物，去了禮品店。
참여하다	動 參與	한글날 행사에 참여하고 싶은 분은 연락을 주시기 바랍니다. 想要參加韓文節活動的人，請跟我聯繫。
피곤하다	形 累、疲倦	요즘 회사에 일이 많아서 너무 피곤합니다. 最近公司事情很多，所以非常累。
따라 하다	跟著做	엄마가 인사를 하니까 아이가 따라 합니다. 媽媽打招呼，孩子也跟著做。

🌱 必考文法

V-지 못하다	表示沒有做某事的能力或不能做某事。相似的表現有「못 A/ V」。 ㉠ 감기에 걸려서 회사에 가지 못했습니다. 感冒了，所以沒辦法去公司。 감기에 걸려서 회사에 못 갔습니다. 感冒了，所以去不了公司。
V-아/어 있다	表示某個動作或某種變化已經結束了，但是結束的狀態一直保持。 ㉠ 문이 열려 있습니다. 門開著。
V-아/어도 되다	表示做某件事情是沒有問題的，或是允許某人做某事。不允許的時候使用「-(으)면 안 되다.」 ㉠ 여기에서 수영을 해도 됩니다. 這裡可以游泳。 여기에서 수영을 하면 안 됩니다. 這裡不可以游泳。

65-66

📖 題型分析

這個題型要閱讀文章然後回答問題。短文會由 5 ~ 7 個句子構成，閱讀全文前最好可以先確認一下第 65 題的每一個選項。接著須在閱讀全文的同時掌握短文大意。第 66 題建議考生用邊看文章邊跟選項進行比對的方式解題會比較有效率。

本題開始會出現初級學習過的文法中，如下表這種難度比較高的文法。考生須熟知這些文法才有辦法找出 65 題的答案。為了考取高分，請考生務必熟記。詳細文法解說請參考「必考文法」。

※ 考古題曾出現過的文法與表現

1) V-아/어도 되다	2) V-(으)ㄹ 수 있다/없다	3) V-(으)ㄴ 적이 있다/없다
4) V-아/어 있다	5) V-아/어 보다	6) V-게 되다
7) V-(으)ㄹ까 하다	8) V-(으)ㄹ 것 같다	9) V-기 전에/(으)ㄴ 후에
10) V/A-(으)ㄹ 때		

65 選出適合填入㉠的選項

這題要找出適合填入㉠的選項。因此，仔細閱讀㉠前後的句子就能輕鬆找到答案。選項會以一個單字、四個文法表現的形式出現，或是以四個單字一個文法表現的形式出現。如果是用四個文法呈現一個單字，掌握文法表現的功能會比了解單字意義更重要。如果是四個不一樣的單字使用一個文法，掌握單字的意義就比較重要。因此考生必須要掌握㉠前後的句子內容。

66 選出與文意相符的選項

這題必須閱讀全文，然後找出與內容相符的選項。考生必須邊看文章邊判斷該選項是否正確。只要仔細對照文章內容跟選項，然後把不相關的內容一個個刪掉，就能找到答案。此外，選項提供的表現不會直接使用文章裡面的表現，考生必須熟知相似單字才有辦法輕鬆找出意義相同的選項。

65-66

考古題

※[65~66] 다음을 읽고 물음에 답하십시오.

> 저는 (㉠) <u>오랫동안 생각만 하고</u> <u>빨리 결정하지 못합니다.</u> 결정하는 것이 어려워서 혼자서는 필요한 물건을 잘 고르지 못합니다. 그래서 저는 친구가 옆에 있으면 친구가 하는 것을 따라 합니다. 그렇게 하면 제가 결정하지 않아도 돼서 마음이 편합니다. 하지만 지금부터는 제가 작은 일부터 하나씩 결정해 보려고 합니다.

〈TOPIK 41회 읽기 [65~66]〉
- 오랫동안 很長一段時間
- 결정하다 決定
- 씩 每
- 그래서 所以
- 마음 心情

65 ㉠에 들어갈 알맞은 말을 고르십시오. 2점
① 마음이 편할 때　　② 힘든 일을 할 때
③ 친구가 생각날 때　④ 어떤 것을 선택할 때

65
分析內容
透過「결정하는 것이 어렵다」、「물건을 잘 고르지 못한다」等表現可以得知「我」不善於做選擇。因此,適合填入㉠的正確答案為④。

66 이 글의 내용과 같은 것을 고르십시오. 3점
① 제 친구는 내 결정을 따라 합니다.
② 저는 오래 생각하지 않고 결정합니다.
③ 저는 앞으로 친구와 함께 결정할 겁니다.
④ 저는 혼자 물건을 고르는 것이 어렵습니다.

① 저는 친구가 하는 것을 따라 합니다
② 오랫동안 생각만 하고
③ 지금부터 제가 결정해 보려고 합니다

66
分析內容
「我」很難自己做決定,所以朋友選什麼我就選什麼。由於短文中提到「혼자서는 필요한 물건을 잘 고르지 못합니다.(自己一個人不太能挑選必需品)」所以可以得知作者很難自己挑選東西。因此正確答案為④。

※[65~66] 다음을 읽고 물음에 답하십시오.

> 한 달 후면 방학입니다. 방학을 하면 여러 가지 일들을 하고 싶습니다. 방학 동안에 영어도 배우고 미술관에도 갈 겁니다. 그리고 친구와 같이 유럽 여행을 가 보고 싶습니다. 그래서 지난달부터 아르바이트를 시작했습니다. <u>수업도 들어야 하고 아르바이트도 해야 해서</u> 많이 피곤합니다. 피곤해도 여행을 (㉠) 힘이 납니다.

- 방학　放假
- 여러 가지　各種
- 동안　期間
- 영어　英語
- 미술관　美術館
- 유럽 여행　歐洲旅行
- 수업　課
- 아르바이트　打工
- 힘이 나다　產生力量

65 ㉠에 들어갈 알맞은 말을 고르십시오. `2점`

① 갈 생각을 하면　　② 갈 생각을 해도
③ 갈 생각을 해서　　④ 갈 생각을 하려고

65
分析內容
有㉠的句子提到「피곤해도」跟「힘이 납니다」。推斷後可以得知這裡適合填入表「產生力量」之條件或假設的「–(으)면」。因此適合填入㉠的正確答為①。

66 이 글의 내용과 같은 것을 고르십시오. `3점`

① 제 친구는 유럽 여행을 가고 싶어 합니다.
② 저는 친구와 같이 미술관에 가려고 합니다.
③ 저는 수업을 들으면서 아르바이트를 합니다.
④ 저는 방학에 유럽 여행을 가려고 영어를 배웁니다.

66
分析內容
「我」放假的時候會去學英語，然後會去美術館。而且，為了去歐洲旅行，我從上個月開始打工。透過「**수업도 들어야 하고 아르바이트도 해야**（必須上課又必須打工）」這個表現可以得知作者半工半讀。因此正確答案為③。

65-66

※[65~66] 다음을 읽고 물음에 답하십시오.

> 5월은 가정의 달입니다. 다음 주 토요일에 서울 공원에서 가족들이 함께 즐길 수 있는 행복 나눔 콘서트가 열립니다. 이 콘서트는 오후 5시부터 8시까지이고 돈을 받지 않습니다. 10팀 정도의 가수가 참여하며 옛날 노래부터 최근 유행하는 노래까지 다양한 노래가 (㉠   ). 가족이 함께 오시면 작은 선물도 받을 수 있습니다.

65 ㉠에 들어갈 알맞은 말을 고르십시오. **2점**
　① 준비해도 됩니다.　　　　　② 준비하려고 합니다.
　③ 준비되어 있습니다.　　　　④ 준비된 적이 있습니다.

66 이 글의 내용과 같은 것을 고르십시오. **3점**
　① 행복 나눔 콘서트는 무료로 볼 수 있습니다.
　② 이 콘서트에 가면 다양한 노래를 부를 수 있습니다.
　③ 이 콘서트에 가려면 작은 선물을 가지고 가야 합니다.
　④ 이 콘서트는 가족이 함께 가지 않으면 들어갈 수 없습니다.

※解答・解析・翻譯見 P.240

가정의 달 家庭月	즐기다 高興、享受	나눔 分享	콘서트 演唱會	돈 錢	팀 團隊
가수 歌手					

67-68

✏️ 必考單字

가방	名 包包、提包	제 가방 안에는 책과 공책이 있습니다. 我包裡有書和筆記本。
종류	名 種類	백화점에는 여러 종류의 물건이 있습니다. 百貨公司裡有各種商品。
나누다	動 分開、分為	빵이 하나 있어서 친구하고 나누어 먹었습니다. 我有一塊麵包，和朋友分著吃。
넣다	動 裝進、投入	음식을 냉장고에 넣습니다. 把食物裝進冰箱裡。
놓다	動 放、擱置	책을 책상 위에 놓습니다. 把書放在書桌上。
모으다	動 收集、積攢	여행을 가려고 돈을 모았습니다. 為了去旅行，正在存錢。
싸다	動 打包、裝箱	여행 가기 전에 가방을 먼저 싸 놓습니다. 去旅行之前要先收拾行李。
정리하다	動 整理	주말에 방을 깨끗하게 정리했습니다. 週末把房間整理得乾乾淨淨。

☕ 必考文法

V-아/어 놓다/두다	表示某事結束後，一直維持結束時的狀態。 예 벽에 그림을 걸어 두었습니다. 把畫掛在牆上。
V-는 것이 좋겠다	表示最好做某事。「**-는 것이 좋겠다**」中的「**것이**」可以縮寫為「**-게**」。 예 창문을 조금 열어 두는 것이(게) 좋겠습니다. 　　最好把窗戶打開一點。

67-68

這個題型要閱讀文章並回答問題。短文由 5 ～ 7 個句子構成，在閱讀全文前，最好可以先確認第 67 題的每一個選項。接著一邊閱讀全文，一邊掌握短文大意。第 68 題建議考生用邊看文章邊跟選項進行比對的方式解題會比較有效率。

---

67 選出適合填入㉠的選項

這題要找出適合填入㉠的選項。因此，仔細閱讀㉠前後的句子就能輕鬆找到答案。選項會以一個單字、四個文法表現的形式出現，或是以四個單字一個文法表現的形式出現。如果是用四個文法呈現一個單字，掌握文法表現的功能會比了解單字意義更重要。如果是四個不一樣的單字使用一個文法，掌握單字的意義就比較重要。因此考生必須要掌握㉠前後的句子內容。

---

68 選出與文意相符的選項

這題必須閱讀全文，然後找出與內容相符的選項。考生必須邊看文章邊判斷該選項是否正確。只要仔細對照文章內容跟選項，然後把不相關的內容一個個刪掉，就能找到答案。此外，選項提供的表現不會直接使用文章裡面的表現，考生必須熟知相似單字才有辦法輕鬆找出意義相同的選項。

67-68

考古題

※[67~68] 다음을 읽고 물음에 답하십시오. 각 3점

> 꽃이나 나무가 오래 살려면 물과 공기, 햇빛이 중요합니다. (㉠) 막으려면 화분을 한곳에 모아 놓아야 합니다. 물에 젖은 수건을 화분 아래에 놓는 것도 좋은 방법입니다. 또 집안에서 공기가 잘 통할 수 있게 방문을 열어 놓으면 좋습니다. 마지막으로, 여행을 오래 할 때는 햇빛이 잘 들어오지 않는 곳에 화분을 놓는 것이 좋습니다.

67 ㉠에 들어갈 알맞은 말을 고르십시오.
① 햇빛을 보는 것을
② 공기가 들어오는 것을
③ 화분에 꽃이 피는 것을
④ 물이 빨리 없어지는 것을

68 이 글의 내용과 같은 것을 고르십시오.
① 수건을 화분 안에 넣어 놓아야 합니다.
② 화분을 여러 방에 나누어 놓아야 합니다.
③ 방문을 열어서 공기가 통하게 해야 합니다.
④ 여행 전에는 화분을 햇빛에 놓고 가야 합니다.

① 화분 아래
② 한곳에 모아 놓아야 합니다
④ 햇빛이 잘 들어오지 않는 곳

〈TOPIK 37회 읽기 [67~68]〉
- 꽃　花
- 나무　樹木
- 물　水
- 공기　空氣
- 햇빛　陽光
- 막다　阻攔、阻擋
- 화분　花盆
- 한곳　一個地方、一處
- 젖다　被弄濕
- 수건　毛巾
- 집안　家裡
- 통하다　通、流通
- 방문　房門
- 마지막　最後
- 피다　開(花)
- 없어지다　消失

67
分析內容
細看㉠前面的句子，提到如果想讓花、樹木活得久一點，水、空氣、陽光很重要。㉠後面的句子則表示把濕毛巾放在花盆底下也是個好方法。㉠必須填入跟水有關的內容，因此正確答為④。

68
分析內容
在花盆底下放濕毛巾，或是把花盆聚集在一個地方，都可以讓花或樹木活得久一點。此外，旅行前要把花盆放在陽光照射不到的位置。家裡為了保持空氣流通，最好可以把房門打開。因此正確答案為③。

※[67~68] 다음을 읽고 물음에 답하십시오. 각 3점

> 김민수 씨는 유명한 화가입니다. 매주 목요일에
> 인천 초등학교에 갑니다. 그림을 배우고 싶지만
> (㉠) 학생들에게 <u>무료로 그림을 가르쳐 줍니</u>
> 다. 그 대신에 학생들은 모델이 되어 줍니다. 김민
> 수 씨는 요즘 아이들의 웃는 얼굴을 그리는 것이
> 즐겁습니다. 학생들이 그린 그림과 학생들의 얼
> 굴 그림을 모아서 다음 달에 전시회를 하려고 합
> 니다.

- 화가　畫家
- 인천　仁川
- 초등학교　小學
- 대신　代替
- 모델　模特兒
- 얼굴　臉
- 전시회　展示會、展覽會

67 ㉠에 들어갈 알맞은 말을 고르십시오.
　① 모델이 될 수 없는
　② 그림을 좋아하지 않는
　③ 전시회를 하지 못 하는
　④ 돈이 없어서 못 배우는

67
分析內容
㉠後面的句子提到，金民秀免費教學生畫畫，不過條件是學生們要當他的模特兒。透過「무료（免費）」這個單字可以得知應該是想學畫畫但沒錢學不了。因此適合填入㉠的正確答案為④。

68 이 글의 내용과 같은 것을 고르십시오.
　① 김민수 씨는 목요일마다 초등학교에서 그림을 배웁
　　니다.
　② 학생들은 전시회를 하려고 그림을 배우기 시
　　작했습니다.
　③ 학생들의 얼굴 그림만 모아서 다음 달에 전시회를
　　엽니다.
　④ 김민수 씨에게 그림을 배우는 학생들은 모델
　　이 되어 줍니다.

68
分析內容
金民秀每周四都在小學教畫畫。跟金民秀學畫畫的學生不用交學費，不過他們要當他的模特兒。因此正確答案為為④。

67-68

※[67~68] 다음을 읽고 물음에 답하십시오. 각 3점

여행을 갈 때 필요한 물건이 많습니다. 여러 가지 물건을 정리하지 않고 넣으면 나중에 물건을 찾기가 어렵고 많이 넣을 수도 없습니다. 그래서 가방을 쌀 때 비슷한 물건끼리 (㉠) 넣는 것이 좋습니다. 작은 가방에 물건을 나누어 넣고 다시 여행 가방에 넣으면 쉽게 정리할 수 있습니다. 그리고 여행지에서 살 물건도 넣을 자리를 생각해 두는 것이 좋습니다.

67 ㉠에 들어갈 알맞은 말을 고르십시오.
① 나누어서   ② 나누려면
③ 나누거나   ④ 나누면서

68 이 글의 내용과 같은 것을 고르십시오.
① 여행을 가서 작은 가방을 많이 살 겁니다.
② 작은 가방이 많으면 물건 찾기가 어렵습니다.
③ 여행할 때는 많은 물건을 가지고 가야 합니다.
④ 같은 종류의 물건을 모아서 넣는 것이 좋습니다.

※解答‧解析‧翻譯見 P.240

여러 가지	나중	끼리	다시	여행지
各種	以後	指同類的一夥	重新、再	觀光勝地
자리 位置	같은 相同的			

69-70

나라	名 國家	가: 어느 나라 사람입니까? / 나: 저는 한국 사람입니다. **가:** 你是哪國人？ / **나:** 我是韓國人。
내년	名 明年	올해 열심히 공부해서 내년에는 꼭 대학교에 들어갈 겁니다. 今年努力念書，明年一定考上大學。
모임	名 聚會	가족 모임에 참석했습니다. 參加了家庭聚會。
다른	冠 其他	저는 사과만 좋아합니다. 다른 과일은 좋아하지 않습니다. 我只喜歡蘋果。其他水果都不喜歡。
점점	副 漸漸	요즘 날씨가 점점 추워지고 있습니다. 最近天氣漸漸變冷了。
다치다	動 受傷	친구는 교통사고가 나서 많이 다쳤습니다. 朋友出車禍，傷得很嚴重。
달리다	動 跑步、奔跑	아침에 일찍 일어나서 운동장을 달렸습니다. 早上很早起床去運動場跑步了。
드시다(들다)	動 吃（尊待語）	제가 만든 요리입니다. 많이 드십시오. 這是我做的料理。請多吃點。
맛없다	形 不好吃 / 喝	음식이 맛없어서 조금만 먹었습니다. 東西不好吃，所以只吃了一點。
친하다	形 親密、親近	저는 우리 반 친구들과 친합니다. 我和我們班的同學們很要好。
거의	名 / 副 幾乎	가: 그 일 다 했습니까? / 나: 조금만 기다려 주십시오. 거의 다 했습니다. **가:** 那件事都做完了嗎？ / **나:** 請稍等一下，幾乎都做完了。

ㄹ 脫落	「ㄹ」結尾的動詞或形容詞後面接「–（으）ㅂ」、「–（으）ㅅ」、「–（으）ㄴ」、「–（으）ㄹ」開頭的文法時，「ㄹ」會脫落。如果接的是「–（으）려고」、「–（으）러」，則「ㄹ」不脫落。

— 알다, 살다, 놀다, 팔다, 울다, 길다, 들다, 만들다
　知道、生活、玩、賣、哭、長、拿、製作

區分	脫落			無脫落			
	-ㅂ/습니다	-(으)세요	-(으)네요	-(으)려고	-(으)러	-지만	-아/어요
살다	삽니다	사세요	사네요	살려고	살러	살지만	살아요
만들다	만듭니다	만드세요	만드네요	만들려고	만들러	만들지만	만들어요

例 한국 음식을 만듭니다. 製作韓國料理。
　저는 한국에 삽니다. 我住在韓國。

으 脫落	「ㅡ」結尾的動詞或形容詞後面接「–아／어」開頭的文法時，「ㅡ」會脫落。

— 쓰다, 끄다, 크다, 아프다, 바쁘다, 예쁘다
　寫、關、大、痛、忙、漂亮

區分	脫落		無脫落	
	-았/었어요	-아/어서	-(으)면	-고
쓰다	썼어요	써서	쓰면	쓰고
예쁘다	예뻤어요	예뻐서	예쁘면	예쁘고
바쁘다	바빴어요	바빠서	바쁘면	바쁘고

例 제 친구는 예뻐서 인기가 많습니다. 我的朋友很漂亮，所以人氣很高。
　편지를 써서 친구에게 줬습니다. 我寫信給朋友。

ㅂ 不規則	「ㅂ」結尾的動詞或形容詞後面接「–아／어」開頭的文法時，「ㅂ」會變成「우」。「ㅂ不規則變化」中大部分的情況都是「ㅂ」變「우」，可是「곱다」跟「돕다」如果接「–아／어」時，會變成「오」。

　　— 不規則：맵다, 덥다, 춥다, 곱다, 돕다, 고맙다, 두껍다, 아름답다
　　　　　　　辣、熱、冷、高貴、幫助、謝謝、厚、美麗
　　— 規　則：입다, 잡다, 좁다
　　　　　　　穿、抓、窄

區分	變化		未變化	
	-아/어요	-(으)면	-ㅂ/습니다	-지만
춥다(不規則)	추워요	추우면	춥습니다	춥지만
고맙다(不規則)	고마워요	고마우면	고맙습니다	고맙지만
돕다(不規則)	도와요	도우면	돕습니다	돕지만
입다(規則)	입어요	입으면	입습니다	입지만

예 날씨가 추워서 두꺼운 옷을 입었습니다. 天氣冷,所以穿了厚衣服。
　　도와주셔서 고마워요. 謝謝您幫我。

ㄷ 不規則

「ㄷ」結尾的動詞或形容詞後面接「–아／어」開頭的文法時,「ㄷ」會變成「ㄹ」。
　　― 不規則: 듣다, 걷다, 묻다(질문하다) 聽、走、問
　　― 規　則: 받다, 닫다, 믿다 接收、關、相信

區分	變化			未變化	
	-아/어요	-아/어서	-(으)니까	-ㅂ/습니다	-고
듣다(不規則)	들어요	들어서	들으니까	듣습니다	듣고
닫다(規則)	닫아요	닫아서	닫으니까	닫습니다	닫고

예 음악을 들으면서 밥을 먹습니다. 一邊聽音樂一邊吃飯。
　　집에서 학교까지 걸어서 갑니다. 從學校走回家。

ㅅ 不規則

「ㅅ」結尾的動詞或形容詞後面接「–아／어」開頭的文法時,「ㅅ」會脫落。「나아요」不能用作「나요」,「나으려면」不能用作「나려면」。其餘的「不規則」也是一樣。
― 不規則: 낫다, 짓다, 붓다 好、做、倒
― 規　則: 벗다, 씻다, 웃다 脫、洗、笑

區分	變化		未變化	
	-아/어요	-(으)려고	-ㅂ/습니다	-지만
낫다(不規則)	나아요	나으려고	낫습니다	낫지만
짓다(不規則)	지어요	지으려고	짓습니다	짓지만
벗다(規則)	벗어요	벗으려고	벗습니다	벗지만

예 약을 먹으면 감기가 빨리 나아요. 吃藥的話,感冒很快就會好。

ㅎ 不規則	「ㅎ」結尾的動詞或形容詞後面接「–아／어」開頭的文法時，「ㅎ」會脫落，然後母音「–아／어」變成「애」，「야／여」變成「얘」。如果「ㅎ」後面接「–으」開頭的文法，就只有「ㅎ」脫落，母音「–으」不會改變。

「ㅎ」結尾的動詞或形容詞後面接「–아／어」開頭的文法時，「ㅎ」會脫落，然後母音「–아／어」變成「애」，「야／여」變成「얘」。如果「ㅎ」後面接「–으」開頭的文法，就只有「ㅎ」脫落，母音「–으」不會改變。

— 不規則： 어떻다, 이/저/그렇다, 빨갛다, 까맣다, 파랗다, 하얗다, 노랗다
　　　　　怎麼樣、這/那樣、紅、黑、藍、白、黃
— 規　則： 괜찮다, 많다, 싫다, 좋다, 놓다
　　　　　沒關係、多、討厭、好、放

區分	變化		未變化	
	-아/어요	-(으)면	-(으)ㄴ	-고
이렇다(不規則)	이래요	이러면	이런	이렇고
하얗다(不規則)	하얘요	하야면	하얀	하얗고
좋다(規則)	좋아요	좋으면	좋은	좋고

例 얼굴이 하얘서 빨간색이 잘 어울립니다. 因為臉很白，所以很適合紅色。
　 어떤 영화를 좋아합니까? 您喜歡什麼電影？

ㄹ 不規則

「르」結尾的動詞或形容詞後面接「–아／어」開頭的文法時，「ㅡ」會脫落，「ㄹ」會變成「ㄹㄹ」。
— 모르다, 다르다, 빠르다, 부르다　不知道、不一樣、快、唱

區分	變化		未變化	
	-아/어요	-아/어서	-(으)니까	-고
다르다	달라요	달라서	다르니까	다르고
부르다	불러요	불러서	부르니까	부르고

例 노래를 불러요. 唱歌。
　 퇴근 시간에는 지하철이 버스보다 빨라요. 下班時間地鐵比公車快。

69-70

　　這個題型要閱讀文章然後回答問題。短文會由 6 ～ 8 個句子構成，閱讀全文前最好可以先確認一下第 69 題的每一個選項。接著須在閱讀全文的同時掌握短文大意。第 70 題建議考生用邊看文章邊跟選項進行比對的方式解題會比較有效率。

---

69 選出適合填入㋑的選項

　　這題要找出適合填入㋑的選項。因此，仔細閱讀㋑前後的句子就能輕鬆找到答案。選項會以一個單字、四個文法表現的形式出現，或是以兩個單字、四個文法的形式出現。有時也會出現單字跟文法互相交錯搭配的組合，考生須掌握單字跟文法表現的意義、功能才有辦法順利解題。

---

70 選出可以從文章內容得知資訊的選項

　　這題必須閱讀全文，然後找出與內容相符的選項。閱讀文章並掌握文章想要表達的事情是什麼很重要。文章的中心思想主要會出現在第二句或最後一句。不過，這一題跟「選出與內文相符的選項」很類似。只要仔細對照文章內容跟選項，然後把不相關的內容一個個刪掉，就能找到答案。此外，選項提供的表現不會直接使用文章裡面的表現，考生必須熟知相似單字才有辦法輕鬆找出意義相同的選項。

69-70

考古題

※[69~70] 다음을 읽고 물음에 답하십시오. 각 3점

> 아버지는 요리에 관심이 없어서 거의 요리를
> 하지 않으셨습니다. 그런데 지난달에 어머니
> 가 다리를 다쳐서 요리를 못 하게 되었습니다.
> 그때부터 아버지는 요리를 (㉠   ). 아버지
> 의 요리는 맛있을 때도 있고 맛없을 때도 있었
> 습니다. 그런데 음식의 맛과 관계없이 어머니
> 는 항상 맛있게 드셨습니다. 그 후로 아버지는
> 요리하는 것을 좋아하게 되셨습니다.

69 ㉠에 들어갈 알맞은 말을 고르십시오.
　① 하실 수 없었습니다
　② 하실 것 같았습니다
　③ 하시기 시작했습니다
　④ 해 주신 적이 없었습니다

70 이 글의 내용으로 알 수 있는 것을 고르십시오.
　① 아버지는 요즘 요리에 관심을 갖게 되셨습니다.
　② 아버지는 오래 전부터 요리 학원에 다니셨습니다.
　③ 어머니는 아버지가 요리하는 것을 도와주셨습니다.
　④ 아버지가 만든 음식의 맛이 점점 좋아지고 있습니다.

　② 요리에 관심이 없어서
　③ 요리를 못 하게 되었습니다
　④ 맛있을 때도 있고 맛없을 때도 있었습니다

〈TOPIK 41회 읽기 [69~70]〉
• 아버지　父親
• 관심(이) 없다　不感興趣
• 다리　腿
• 맛　味道
• 관계없이　無關
• 그때　那時候
• 어머니　母親
• 관심을 갖다　感興趣
• 요리 학원　烹飪教室

69
分析內容
㉠後面的句子在描述父親所做料理的味道。母親因為腿受傷無法做飯,透過「그때부터(從那個時候起)」這個表現可以得知,父親開始做飯。因此適合填入㉠的正確答案為③。

70
分析內容
這篇文章在描述父親開始做飯的原因。內容提到雖然父親對烹飪不感興趣,可是母親受傷後他就開始做飯。最後一句話提到「父親喜歡上烹飪」,透過這句話可以得知,父親最近開始對烹飪感興趣。因此正確答案為①。

※[69~70] 다음을 읽고 물음에 답하십시오. 각 3점

> 저는 지난달부터 맛집 여행 모임을 하고 있
> 습니다. 맛있는 음식을 먹으면 (㉠) 이
> 모임에 가는 것이 즐겁습니다. 어제는 경복
> 궁 근처에 있는 식당에서 삼계탕을 먹었습
> 니다. 그 식당은 삼계탕만 팝니다. 식당에
> 사람이 너무 많아서 우리는 삼십 분을 기다
> 렸습니다. 지금까지 먹어 본 삼계탕 중에서
> 제일 맛있었습니다. 다음 주 어머니 생신에
> 도 그 식당에 가야겠습니다.

- 맛집 美食店
- 경복궁 景福宮
- 삼계탕 蔘雞湯
- 제일 最、第一
- 생신 生辰
- 식당 餐廳
- 찾아다니다 尋找

69 ㉠에 들어갈 알맞은 말을 고르십시오.
① 행복하지 못해서
② 행복할 수 없어서
③ 행복해지기 때문에
④ 행복해야 하기 때문에

69
分析內容
短文中提到「我」參加美食餐廳之旅的聚會，然後很喜歡去這個聚會。㉠應該要填入「모임에 가는 것이 즐거운（喜歡去參加聚會）」的理由或原因，並表達「맛있는 음식을 먹으면（如果吃到美食）」會是什麼樣的狀態。所以，這裡應該會出現表某行為原因、理由的文法「-기 때문에」以及表示會變成某種狀態的文法「-아/어지다」。因此適合填入㉠的正確答案為③。

70 이 글의 내용으로 알 수 있는 것을 고르십시오.
① 저는 음식 중에서 삼계탕을 제일 좋아합니다.
② 저는 기분이 안 좋을 때 맛있는 음식을 먹습니다.
③ 저는 지난달부터 삼계탕을 파는 식당을 찾아다닙니다.
④ 저는 다음 주 어머니 생신에도 삼계탕을 먹을 겁니다.

70
分析內容
這篇文章在描述跟美食餐廳之旅有關的事情。因為昨天我吃的蔘雞湯很好吃，所以下周母親生日我也打算去吃蔘雞湯。因此正確答案為④。

69-70

※ [69~70] 다음을 읽고 물음에 답하십시오.　각 3점

> 저에게는 보고 싶은 친구가 한 명 있습니다. 우리는 어릴 때 운동장에서 많이 달렸습니다. 우리는 달리기를 한 후에 학교 앞 가게에서 파는 아이스크림을 자주 먹었습니다. 그리고 우리는 서로의 이름을 재미있게 바꿔서 불렀습니다. 그런데 지금은 그 친구를 (㉠). 친구가 2년 전에 다른 나라로 가서 살게 되었습니다. 저는 내년에 그 친구를 만나러 갈 겁니다.

69 ㉠에 들어갈 알맞은 말을 고르십시오.
　① 만나기 싫습니다　　　　　② 만날 것 같습니다
　③ 만날 수 없습니다　　　　　④ 만난 적이 있습니다

68 이 글의 내용으로 알 수 있는 것을 고르십시오.
　① 저는 어릴 때 친한 친구를 만나러 갈 겁니다.
　② 저는 운동장에서 달리기를 하면서 운동을 합니다.
　③ 저는 어릴 때 부른 이름과 지금 부르는 이름이 다릅니다.
　④ 저는 친구가 생각나서 아이스크림을 자주 먹지 않습니다.

※解答・解析・翻譯見 P.240

운동장 運動場　　달리기 奔跑　　가게 商店、店鋪　　아이스크림 冰淇淋　　서로 互相、彼此

〈閱讀考古題與模擬試題參考翻譯〉

考古題 31 ～ 33

八月沒有課，不去學校。

①日期　　　　　　　②放假
③旅行　　　　　　　④約定

模擬試題 31 ～ 33

哥哥是上班族，姐姐是美容師。

①場所　　　　　　　②興趣
③職業　　　　　　　④故鄉

考古題 34

韓語好難，我要向朋友請教。

★本題選項皆為助詞，故無提供翻譯。

考古題 35

我不知道時間，看了手錶。

①雜誌　　　　　　　②手錶
③地址　　　　　　　④信件

考古題 36

學校很近，所以我走路上學。

①小　　　　　　　　②多
③近　　　　　　　　④乾淨

考古題 37

我們約在學校前面碰面，所以我在等朋友。

①等待　　　　　　　②幫忙
③喜歡　　　　　　　④教導

考古題 38

大海之旅很有趣，下次我們再一起去。

①再次　　　　　　　②互相
③非常　　　　　　　④最

考古題 **39**

> 我很喜歡這幅畫，我想買這幅畫。

①喜歡　　　　　　　　②生
③來　　　　　　　　　④睡

模擬試題 **34**

> 民秀是老師，秀美也是老師。

★本題選項皆為助詞，故無提供翻譯。

模擬試題 **35**

> 錢包裡沒有錢，我去銀行。

①衣服　　　　　　　　②麵包
③書　　　　　　　　　④錢

模擬試題 **36**

> 家裡沒有人，所以很安靜。

①安靜　　　　　　　　②溫暖
③親切　　　　　　　　④近

模擬試題 **37**

> 下課了，學生們離開教室。

①度過　　　　　　　　②出來
③教導　　　　　　　　④幫忙

模擬試題 **38**

> 我喜歡運動，所以經常踢足球。

①偶爾　　　　　　　　②非常
③經常　　　　　　　　④不太

模擬試題 **39**

> 颱風，還下雨。

①來　　　　　　　　　②成為
③吹　　　　　　　　　④出現

考古題 40

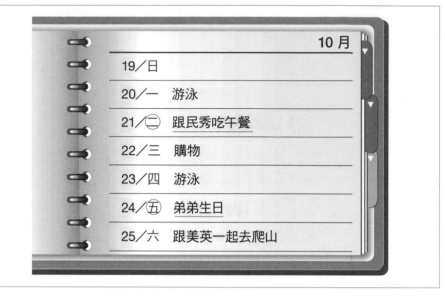

①禮拜五跟民秀見面。　　　②周末跟美英去爬山。
③一週游泳兩次。　　　　　④10 月 20 號購物。

考古題 41

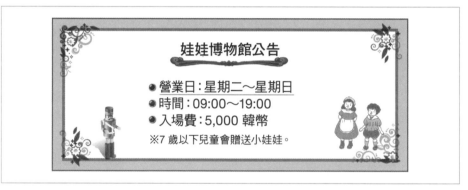

①繳交五千韓幣。　　　　　②週一有開館。
③小孩子可以入場。　　　　④傍晚七點閉館。

① 一個月內都可以收到禮物。
② 星期天餐廳不營業。
③ 下午時段排骨湯跟拌飯價格一樣。
④ 上午時段可以用五千韓元吃到冷麵。

① 釜山下雨。　　　　　　　　② 首爾下雪。
③ 大田最冷。　　　　　　　　④ 濟州天氣晴朗。

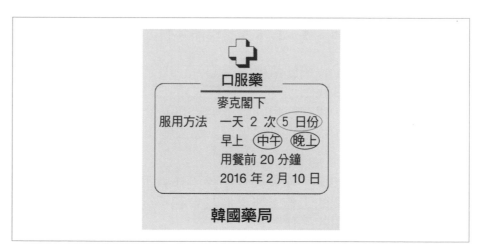

① 飯前服藥。　　　　　　　　② 藥要吃兩天。
③ 麥克吃藥。　　　　　　　　④ 午餐、晚餐服藥。

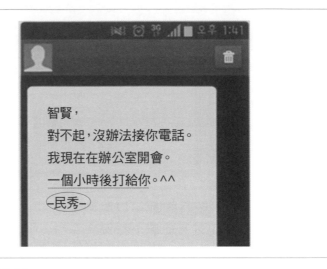

① 大學會給飲料。
② 電影節會舉行兩個月。
③ 晚上八點開始播放電影。
④ 在韓國大學學生會館裡看電影。

我不會做飯，所以每天都在學生餐廳吃飯。學生餐廳餐點價格便宜，而且辛奇很好吃。

① 學生餐廳有點貴。　　　　　② 學生餐廳沒有泡菜。
③ 我每天去學生餐廳。　　　　④ 我會做美味料理。

我跟家人一起搭火車去慶州。我們在那裡騎腳踏車，欣賞美麗的風景。我下次想跟朋友們再去一次慶州。

① 我騎腳踏車去慶州。
② 我跟朋友們一起搭火車。
③ 我在慶州欣賞了美麗的風景。
④ 我下次要跟父母一起去慶州。

如果工作無趣，那份工作就很難做得久。所以我正在找一份有趣的工作。雖然應該會花不少時間，但我要找一份可以樂在其中的工作。

① 我會做很多工作。　　　　　② 我想快點找到工作。
③ 我現在要開始工作。　　　　④ 我想做有趣的工作。

民秀小時候個子矮然後胖胖的，而且沒什麼朋友。可是他現在長高然後也瘦下來了，很受大家歡迎。

①民秀跟以前很不一樣。
②民秀以後會長得更高。
③民秀最近正在變瘦。
④民秀從以前就有很多朋友。

我們公司地下室有健身房、閱覽室、午睡房、交誼廳。這些房間只有在午休時間才會開放。我們公司的人都喜歡這邊。想去這些房間的人，吃完飯馬上就去地下室了。因為大家可以用餐後在那邊做自己想做的事。

選出適合填入㉠的選項。
①讀書　　　　　　　　　②睡覺
③工作　　　　　　　　　④吃飯

請選出與這篇文章內容相符的選項。
①我們公司的餐廳在地下室。
②我們公司白天無法午睡。
③我們公司地下室的休息空間很受歡迎。
④我們公司的人晚上會在地下室運動。

學校前面開了一家新的美容院。這家美容院有個貓咪員工。只要客人上門，在老闆打招呼前，貓咪就會先上前打招呼。而且做頭髮的期間，還可以與貓咪一起共度美好時光。這家美容院因為貓咪很受歡迎。

選出適合填入㉠的選項。
①沒什麼客人　　　　　　②等待的時間很長
③有貓咪員工　　　　　　④老闆不會打招呼

請選出與這篇文章內容相符的選項。
①這家美容院很久了。
②貓咪比美容院老闆親切。
③做頭髮的時候看不到貓。
④這家美容院因為有貓，所以客人很多。

考古題
51 ~ 52

冬天有搭乘火車前往的「雪花旅行」。「雪花旅行」是一個在火車站下車，然後享受美好時光，接著前往下一個火車站的旅行方式。第一站下車後會在舖滿雪的路上散步、冰釣。第二站會堆雪人。然後在最後一站享用暖呼呼的茶。

選出適合填入㉠的選項。
①火車經過　　　　　　　　　②等待火車
③在火車站下車　　　　　　　④回到火車站

請選出這篇文章在講什麼。
①火車裡可以看到的東西　　　②可以再度搭乘火車的地點
③可以前往雪花旅行的日子　　④雪花旅行可以做的事情

模擬試題
51~52

最近很多人感冒，感冒前一定要小心。如果外出再回到家裡，務必要洗手洗腳。多吃水果也很好。最重要的是，要讓身體保持溫暖。喝熱水或是圍圍巾都可以讓喉嚨保持健康。

選出適合填入㉠的選項。
①喝或　　　　　　　　　　　②喝了之後
③想喝　　　　　　　　　　　④雖然喝

請選出這篇文章在講什麼。
①保護身體健康的順序　　　　②對感冒有益的食物
③讓身體溫暖的理由　　　　　④不感冒的方法

考古題
53 ~ 54

我跟我妹妹同一天出生。我們長得很像，髮色、髮型都一樣。此外，我們都喜歡牛仔褲跟白色 T 恤。而且，兩人都容易因為小事被逗笑。所以很多人會把我誤認成是妹妹。

選出適合填入㉠的選項。
①因為看到我　　　　　　　　②如果看到我
③看到我或是　　　　　　　　④看到我

請選出跟文章內容相同的描述。
①我跟妹妹不太愛笑。
②我跟妹妹的髮色不一樣。
③我跟妹妹同一天出生。
④我跟妹妹不太穿牛仔褲。

我喜歡戴帽子，所以總是戴帽子出門。今天也戴著帽子走在路上，遇到了爺爺。我跟爺爺打招呼，爺爺生氣了。因為在韓國向長輩打招呼時，必須把帽子脫掉。所以後來我都把帽子脫掉才打招呼。

選出適合填入㉠的選項。
①帽子漂亮　　　　　　　　②喜歡帽子
③必須戴帽子　　　　　　　④必須脫帽子

請選出這篇文章在講什麼。
①打招呼時必須要戴帽子。　　②我後來就很討厭戴帽子。
③我沒有向爺爺打招呼。　　　④爺爺因為帽子生氣了。

我小時候常常去我們家附近的小型市場。不過有了百貨公司之後，就沒去那個市場了。今天久違去了那個市場玩得很盡興。市場裡面店鋪很多，可以買的東西也很多樣化。而且，大嬸們都會做美味的餐點販售。我決定以後要經常利用住家附近的市場。

選出適合填入㉠的選項。
①所以　　　　　　　　　②而且
③不過　　　　　　　　　④因此

請選出跟文章內容相同的描述。
①我如今想要常常去市場。
②買東西的大嬸很多。
③有市場前經常去百貨公司。
④之前店鋪很多，買東西很方便。

以前只能在家裡打電話。然而如今手機問世，在外面也可以打電話。我用手機拍照，還用手機追劇。而且還可以跟人在國外的朋友互傳訊息，共度愉快時光。如今手機對我來說是不可或缺的珍貴物品。

選出適合填入㉠的選項。
①所以　　　　　　　　　　　　　　②而且
③不過　　　　　　　　　　　　　　④因此

請選出跟文章內容相同的描述。
①對我來說手機是不可或缺的物品。
②我經常跟人在國外的朋友見面。
③以前只有在家裡才能用手機。
④以前經常用手機拍照。

考古題 **57**

（가）可是我在機場遺失錢包。
（나）我上個星期跟朋友們一起去旅行。
（다）再次找回錢包真的太好了。
（라）當時服務人員進行廣播，幫我把錢包找了回來。

考古題 **58**

（가）所以雖然有點貴，可是更受歡迎。
（나）最近超市裡有許多特殊顏色的番茄。
（다）其中黃色番茄特別受歡迎。
（라）黃色番茄比一般的番茄更甜。

模擬試題 **57**

（가）有很多人在公園約會。
（나）有一天我去學校附近的公園散步。
（다）看著這些人，讓我很想念老家的父母。
（라）而且家人們一邊吃著餐點一邊開心聊天。

模擬試題 **58**

（가）最近有很多特別的電影院大肆宣傳。
（나）因為可以像待在家裡一樣舒適的看電影。
（다）所以雖然價格比較貴，卻很受年輕人歡迎。
（라）其中以可以躺在床上看電影的電影院人氣最旺。

考古題 **59** ～ **60**

走路是很多人可以輕鬆做到的運動（㉠）走這件事情對健康好處多多。（㉡）因為不是動動腿走動而已，而是全身都會動起來。（㉢）可是，走路運動最好可以從慢走開始，然後一點一點加快速度。（㉣）這麼做對健康的幫助更大。

從小朋友到長者都能輕鬆做到。

模擬試題 **59** ～ **60**

我開始上班前是不喝咖啡的。（㉠）不過，隨著我開始工作，第一次開始喝咖啡。（㉡）尤其中午吃飽後一定要喝杯咖啡。（㉢）飯後喝杯咖啡就不會想睡覺，對工作有幫助。（㉣）

起初只有早上的時候喝一杯，最近一天要喝三杯左右。

我昨天跟朋友去了一家很有趣的服飾店。那家店可以讓我們自己繪製 T 恤的圖案，然後店家再用我們畫的圖幫我們做 T 恤。昨天我們各做了一件 T 恤，穿著同樣的 T 恤，讓我覺得朋友更珍貴了。每當穿上那件 T 恤的時候，我都會想起我朋友。

選出適合填入㉠的選項。
①做了（一段時間）　　　　　②製作之後
③每次穿的時候　　　　　　　④試穿之後

請選出跟文章內容相同的描述。
①我跟朋友昨天一起去參觀 T 恤。
②我為了買朋友的 T 恤去了服飾店。
③店家幫我們畫了我們想要的圖案。
④我們穿上相同的 T 恤，感覺更要好了。

我的名字叫金星。爺爺希望我成為像夜空中星星一樣明亮、偉大的人。所以替我取了金星這個名字。可是母親跟父親在「星」字後面加上尊稱，喊我星星大人。他們說，因為希望我像天上的星星一樣成為一個珍貴的人。我也希望我可以像爺爺跟父母親替我取名的意義那樣，成為一顆明亮珍貴的大星星。

選出適合填入㉠的選項。
①加上　　　　　　　　　　　②加上了，然而
③如果加上　　　　　　　　　④想要加上

請選出跟文章內容相同的描述。
①爺爺改了我的名字。
②我家的人全都叫我星星。
③我的名字金星有「珍貴之人」的含意
④爺爺想要成為夜空中的星星。

請問金允美為什麼寫這篇文？
①她想賣繪本。 ②她想換繪本。
③她想介紹繪本。 ④她想詢問繪本的事情。

請選出跟文章內容相同的描述。
①這本繪本是新的。
②雖然翻閱很多次，但還很新。
③這是上小學之前讀的書。
④書的價格包含運費。

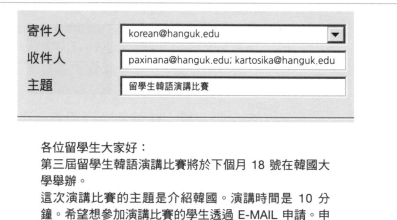

寄件人	korean@hanguk.edu
收件人	paxinana@hanguk.edu; kartosika@hanguk.edu
主題	留學生韓語演講比賽

各位留學生大家好：
第三屆留學生韓語演講比賽將於下個月 18 號在韓國大
學舉辦。
這次演講比賽的主題是介紹韓國。演講時間是 10 分
鐘。希望想參加演講比賽的學生透過 E-MAIL 申請。申
請受理時間至本周五下午 6 點截止。希望大家踴躍報
名。

韓國大學韓國語學堂

請選出韓國語學堂寫這封電子郵件的正確描述。
①想邀請參加演講比賽。
②告知演講比賽日期。
③希望可以收到演講比賽的報名申請。
④想要在演講比賽中介紹韓國。

請選出跟文章內容相同的描述。
①這場比賽必須進行 10 分鐘的演講發表。
②演講比賽將在這周五下午 6 點舉行。
③報名須前往韓國語學堂辦公室。
④所有的留學生都會報名參加演講比賽。

我在選擇某樣東西時，會想很久無法快點決定。因為我有選擇困難，所以自己一個人不太能挑選必需品。所以如果朋友在我旁邊，朋友選什麼我就會跟著選。這麼做我就不用自己做決定，心裡覺得很舒服。但是我打算從現在起，試著從小事開始自己做決定。

選出適合填入㉠的選項。
①心情舒適的時候　　　　　　②做辛苦的事情時
③想朋友的時候　　　　　　　④選擇某樣東西時

請選出跟文章內容相同的描述。
①我朋友會跟著我的選擇做決定。
②我不會思考太久就做好決定。
③我以後要跟朋友一起做決定。
④我自己一個人很難挑選物品。

一個月後就放假了。如果放假了，我想做好多事情。放假期間我想學英語，也想去美術館。而且，還想跟朋友一起去歐洲旅行。所以我從上個月開始打工。因為必須上課又必須打工，非常疲倦。可是雖然累，只要想到要去旅行，就又有力量了。

選出適合填入㉠的選項。
①如果想到要去　　　　　　　②即便想到要去
③因為想到要去　　　　　　　④有打算要去

請選出跟文章內容相同的描述。
①我朋友想去歐洲旅行。
②我想跟朋友一起去美術館。
③我一邊上課一邊打工。
④我放假的時候想去歐洲旅行，正在學英語。

如果想讓花跟樹木活得久一點，水、空氣、陽光很重要。假如想避免水分快速流失，必須將花盆集中在一個地方。將濕毛巾墊在花盆底下也是不錯的方法。此外，盡可能讓家裡保持通風，把房門打開會比較好。最後，假如要去一趟長途旅行，最好可以把花盆放在照不到陽光的地方。

選出適合填入㉠的選項。
①看得到陽光的東西　　　　　②可以讓空氣流通的東西
③可以讓花盆的花開花的東西　④讓水分快速流失的東西

請選出跟文章內容相同的描述。
①毛巾必須放在花盆裡面。
②花盆必須分散在不同房間裡。
③必須打開房門保持空氣流通。
④旅行前必須把花盆放在陽光照射得到的位置。

金民秀是一位知名畫家。他每周四會去仁川小學，免費教那些想學畫畫可是沒有錢可以學的學生。不過，條件是學生要當他的模特兒。金民秀最近很喜歡畫孩子們的笑臉。他打算用學生們畫的畫，還有他畫的學生們的笑臉，在下個月舉辦一場畫展。

選出適合填入㉠的選項。
①無法擔任模特兒的　　　　　　②不喜歡畫畫的
③無法舉辦展覽的　　　　　　　④沒錢所以學不了的

請選出跟文章內容相同的描述。
①金民秀每周四都在小學學畫畫。
②學生們想要辦畫展，所以開始學畫畫。
③他下個月只展覽他畫的學生們的笑臉。
④跟金民秀學畫畫的學生們要擔任金民秀的模特兒。

父親對烹飪不感興趣，所以幾乎不會做飯。不過上個月母親腿受傷，所以無法煮飯。所以從那個時候起，父親就開始做飯。父親煮的飯，有時候好吃，有時候不好吃。不過，跟好不好吃沒有關係，母親總是吃得很香。從那之後，父親就喜歡上烹飪了。

選出適合填入㉠的選項。
①沒辦法做飯。　　　　　　　②好像要做飯。
③開始做飯。　　　　　　　　④不曾做過飯。

請選出透過文章可以得知的選項。
①父親最近對烹飪開始產生興趣。
②父親從很久之前就開始上烹飪教室。
③母親也有幫忙父親做飯。
④父親做的飯味道越來越好。

模擬試題 69～70

我從上個月開始參加美食餐廳之旅的聚會。因為吃到美味的餐點就會變得很幸福，所以我很喜歡參加這個聚會。我們昨天在景福宮附近的餐廳吃蔘雞湯。那家餐廳只賣蔘雞湯。餐廳人太多，我們等了三十分鐘。那家店的蔘雞湯是我至今為止吃過最好吃的。下周母親生日，我也要去那家餐廳用餐。

選出適合填入㉠的選項。
①因為無法幸福　　②因為不能幸福
③因為會變得很幸福　　④因為必須幸福

請選出透過文章可以得知的選項。
①所有餐點裡，我最喜歡蔘雞湯。
②我心情不好的時候會吃美味餐點。
③我從上個月開始就在找蔘雞湯好吃的餐廳。
④我下個星期母親生日的時候也會去吃蔘雞湯。

〈閱讀測驗實驗練習解答、解析與參考翻譯〉

答案總表

31.②	32.④	33.③	34.④	35.③	36.④	37.③	38.③	39.②	40.④
41.②	42.①	43.②	44.④	45.③	46.④	47.③	48.①	49.③	50.②
51.④	52.③	53.②	54.③	55.①	56.④	57.③	58.②	59.④	60.④
61.④	62.④	63.④	64.③	65.③	66.①	67.①	68.④	69.③	70.①

31

今天很冷，還下雪。

①夏天　②天氣　③放假　④日期

透過「춥다」、「눈이 내리다」等表現可以得知這句話在談論天氣。因此正確答案為②。

32

我喜歡籃球。我朋友常常閱讀。

①學校　②運動　③周末　④興趣

透過「농구를 좋아하다」、「독서를 자주 하다」等表現可以得知，這句話在談論「저」跟「제 친구」的興趣。因此正確答案為④。

33

我買衣服，我弟弟買皮鞋。

①人　②家人　③購物　④禮物

透過「옷을 사다」、「구두를 사다」等表現可以推測是在購物。看到「저」跟「제 동생」等單字可以聯想到「가족」，可是這不是在談論家人，而是在描述「저」跟「제 동생」在購物的內容。因此正確答案為③。

34

有韓語課，早上九點開始。

這句話在描述韓語課的上課時間。在「9시」這種表達「時間」的名詞後面，要使用文法（助詞）「에」，因此正確答案為④。

35

我不知道路，我看地圖。

①道路　②雜誌　③地圖　④手錶

不知道路的時候，為了找路看地圖。因此正確答案為③。

36

我沒念書，所以覺得考試很難。

①簡單　②壞　③安靜　④困難

因為後句有「그래서」，所以只要講出不讀書的結果就可以了。可以推測出因為沒讀書，所以覺得考試困難。正確答案為④。

37 我不是韓國人，所以不太會說韓語。

①使用　②給予
③不知道　④想念

前句中說了「不是韓國人」，所以後句必須找出「因為不是韓國人所以會出現的結果」。那個「結果」選擇「모릅니다」即可。正確答案為③。

38 我沒有打掃，所以房間非常髒。

①早早　②很久　③非常　④剛才

因為不打掃房間，所以房間很髒。「더럽다」這個單字的前面可以使用「아주」、「너무」等副詞。因此正確答案為③。

39 今天舉辦派對，所以跟朋友做韓國料理。

①吃　②製做　③見面　④借

前句說要舉辦派對。後句提到因為舉辦派對，所以要製作可以跟朋友一起在派對吃的料理。「만듭니다」的「만들다」跟「ㅂ／습니다」相連接會產生「ㄹ脫落」現象。因此正確答案為②。

40

>>> 您在找好房子嗎？ <<<

・房間 1 間、浴室、廚房
・距離韓國大學走路 3 分鐘
・提供冷氣、冰箱
※月租 30 萬，請致電 010-1234-2345。

①吃　②製做　③見面　④借

這是房地產廣告。因為走路到韓國大學只要三分鐘，距離很近。房間有附冷氣跟冰箱。房租是月租，也就是一個月 30 萬韓幣。找房子的人只要打這個廣告上的電話就可以了。所以正確答案為④。

41

収件夾

| 回覆 | 全部回覆 | 轉寄 | ✕刪除 | 垃圾郵件▾ | 移動▾ | 已讀▾ |

主旨	致民秀
寄件者	Jh000@korea.com

致民秀
這周六是馬克的生日。
周六傍晚七點會在馬克家裡舉辦生日派對。
我們周六見。馬克家就在學校旁邊。

智賢

①馬克家離學校很近。
②星期六在學校舉辦生日派對。
③智賢寄電子郵件給民秀。
④民秀跟智賢周六晚上要見面。

這是智賢寫給民秀的電子郵件。這周六是馬克的生日,所以星期六傍晚 7 點要在馬克家裡舉辦生日派對。因為馬克家就在學校旁邊,距離學校很近。所以智賢跟民秀周六會在校門口碰面。正確答案為②。

42

仲夏之夜電影節

本校學生可以免費看電影

期間:7/1～8/31

時間:每周六晚上 8 點

場所:韓國大學學生會館 101 教室

※不可攜帶飲食入場。

①學校會提供飲料。
②電影節會舉辦兩個月。
③晚上八點開始放電影。
④在韓國大學學生會館看電影。

這是介紹大學舉辦讓學生免費看電影的活動。7月、8月都看得到電影，電影播放時間是每周六晚間8點。看電影的地點是在韓國大學學生會館101教室。不可攜帶飲食入場。然後，大學也不會提供飲料。所以正確答案為①。

43

今天是朋友的生日，所以要去朋友家玩，舉生日派對。我買了一本書要送給朋友。

①我收到生日禮物。
②我今天去朋友家。
③朋友跟我一起買書。
④朋友跟家人一起辦生日派對。

「我」今天要去朋友家裡玩，跟朋友一起辦生日派對。「我」買了書送給朋友當生日禮物，因此正確答案為②。

44

我覺得無聊的時候會去KTV。我去KTV唱我喜歡的韓文歌，這樣我就會覺得有趣而且很開心。

①我不太清楚有什麼韓文歌。
②我開心的時候會去KTV。
③我如果去KTV會覺得很無趣。
④我無聊的時候會唱韓文歌。

「我」無聊的時候會去KTV唱歌。因為知道韓文歌，所以我會唱我喜歡的韓文歌。可以去KTV唱韓文歌很有趣，所以正確答案為④。

45

我明天下午要在公園跟朋友見面。那位朋友每個周末都會在公園運動，我也要跟朋友在那邊見面，跟他一起運動。

①我每個周末都跟朋友見面。
②我每天下午去公園。
③我明天要跟朋友一起運動。
④我要跟朋友學習運動。

「我」明天下午要去公園跟朋友見面，然後明天要跟朋友一起運動。因此正確答案為③。

46

我的個子非常高，如果在一般的服飾店買褲子，會因為太短穿不了。所以我很難買褲子。

①我喜歡褲子。
②我沒辦法穿褲子。
③我去服飾店買褲子。
④因為我長得很高，所以很難買褲子。

「我」個子高，所以通常買褲子穿起來都會很短，結果就是褲子不好買。因此中心思想就是褲子很難買，正確答案為④。

47

我這周末要去濟州島旅行。如果去濟州島，就可以在美麗的大海前面拍很多照片。希望周末快點到來。

①我周末常常去旅行。
②我每個周末都去濟州島。
③我想快點去濟州島。
④我在濟州島大海拍照。

周末去濟州島會拍很多照片，所以我希望周末可以快點到來。因此中心思想是希望周末可以快點到來，話者想要去濟州島。正確答案為③。

48

雖然我喜歡韓國料理，可是我不會做。所以哥哥經常做韓國料理給我吃。哥哥做的烤肉跟雜菜都很好吃。

①哥哥很會做韓國料理。
②哥哥喜歡烤肉跟雜菜。
③哥哥吃韓國料理吃得很香。
④哥哥不會做韓國料理。

「我」不會做韓國料理。結果就是哥哥常常做韓國料理給我吃，哥哥做的每一道韓國料理都很好吃。因此中心思想是哥哥經常做韓國料理，而且做得很好吃。所以正確答案是①。

49～50

我現在跟哥哥一起住在學校前面。我們家的房子雖然很老舊，但房間大，廁所也很乾淨。我因為住得離學校近真的很方便。但是哥哥的公司比較遠，每天單趟通勤都得搭一小時的公車。所以等我畢業之後想要搬到哥哥公司的附近住。

49

選出適合填入㉠的選項。
①因為是新房子
②因為畢業了
③因為離學校近
④因為得搭公車

㉠的選項在描述我們家方便的理由。後句以「하지만」開頭，解釋住家離哥哥的公司很遠，所以不方便。因此前面必須描述近的優點。第一句提到「現在住在學校前面」，因此正確答案為③。

50 請選出與這篇文章內容相符的選項。
①我想住在學校前面。
②哥哥搭公車上班。
③我想住在哥哥家附近。
④我們家雖然小，可是廁所乾淨。

我跟哥哥一起住在學校前面。我們家房間寬敞，廁所也很乾淨。透過「오빠는 회사가 멀어서 매일 한 시간씩 버스를 탑니다（哥哥的公司比較遠，每天單趟通勤都得搭一小時的公車）」可以得知，哥哥搭公車上班。因此正確答案為②。

51～52 1345 是協助在韓外國人日常生活的專線電話。只要是住在韓國的外國人都可以使用這支電話。如果在韓國生活需要什麼資訊，可以撥打 1345 詢問。不會韓語也沒關係。服務人員會親切教導銀行或郵局的使用方法，也可以向他們詢問簽證的申請方法。

51 選出適合填入㉠的選項。
①可以去
②可以寄
③可以預約
④可以詢問

第一個句子提到「1345는 외국인의 한국 생활을 도와주는 안내 전화（1345 是協助在韓外國人日常生活的專線電話）」，第二句提到「한국에서 생활하고 있는 외국인들이 모두 이용할 수 있다（只要是住在韓國的外國人都可以使用這支電話）」。因此，外國人在韓國生活如果需要什麼資訊，可以打 1345 詢問，會有專人介紹。適合填入㉠的選項是④。

52 請選出這篇文章在講什麼。
①申請簽證的方法。
②外國人與韓國人的比較。
③1345 電話服務內容。
④使用 1345 專線的人。

1345 是協助在韓外國人日常生活的專線電話，所以不會韓語也沒關係，他們會親切教你怎麼使用銀行或郵局，也可以跟他們詢問申請簽證的方法。也就是在說明撥打 1345 可以獲得的服務內容。正確答案為③。

53～54 濟州島是四季都很美麗的地方。春天可以看到黃燦燦的油菜花；夏天可以在蔚藍的大海游泳；秋天鮮紅的楓葉很美麗；冬天可以欣賞白雪覆蓋的漢拏山。尤其是我喜歡爬山，所以我每個季節都會想爬一次漢拏山。我這周也打算去漢拏山賞楓。

53 選出適合填入㉠的選項。
①就算喜歡
②因為喜歡
③喜歡或是
④雖然喜歡

㉠所在的句子提到「저는 계절마다 한라산에 올라가 보고 싶습니다.（我每個季節都想去爬漢拏山）」，前句是「특히 저는 등산을 좋아하기 때문이다（尤其是我喜歡爬山）」。從句子的前後文可以得知㉠會填入表原因、理由的「-아/어서」。這題適合填入㉠的正確答案為②。

54 請選出與這篇文章內容相符的選項。
①濟州島的四季很像。
②我每個季節都會去漢拏山。
③我這周末打算去濟州島。
④濟州島雖然有山，但是沒有大海。

濟州島的春夏秋冬風景都不一樣，有蔚藍的大海又有漢拏山。「我」每個季節都想去漢拏山，所以這周末也打算去濟州島。因此正確答案為③。

55~56 春節是韓國重要節日之一。春節早上，大家會喝年糕湯代替吃早飯。年糕湯是春節吃的特殊料理。新年喝年糕湯的理由蘊含著人們想要活得像白色年糕一樣乾淨，像長條年糕一樣健康長壽的心意。南部地區雖然也會吃年糕湯，然而北部地區也會吃湯餃。吃湯餃的原因是有期許今年農事豐收的含意。所以春節時，北部地區會吃湯餃。

55 選出適合填入㉠的選項。
①所以
②而且
③雖然如此
④因此

㉠的前句中提到「설날에 만둣국을 먹는 이유로 올해 농사가 잘 되기를 바란다（新年吃餃子湯的理由是希望今年的農務可以豐收）。」㉠的後句則提到「설날이 되면 북쪽 지방에서는 만둣국을 먹는다（春節期間北部地區會吃湯餃）。」由於㉠前後的句子為因果關係，所以㉠應填入「그래서」，正確答案為①。

56 請選出與這篇文章內容相符的選項。
①春節早上會吃早飯跟年糕湯。
②春節時南部地區的人會吃湯餃。
③每個地區春節吃的料理都一樣。
④人們抱持著想長壽的心吃年糕湯。

這篇短文在介紹韓國春節以及春節吃的特殊餐點。春節早餐不是吃早飯跟年糕湯，而是吃年糕湯跟湯餃。北部地區的人會吃湯餃，南部地區的人會吃年糕湯。所以每個地區的飲食不一樣。吃年糕湯的理由是因為希望可以像長條年糕一樣活得長長久久。所以正確答案為④。

（가）我的室友是來自美國的馬克。

（나）馬克喜歡唱歌，所以他加入歌唱社。

（다）要是我也能像馬克一樣歌唱得好，朋友又多就好了。

（라）不過，他才來不到三個月，朋友很多，韓國歌曲也唱得很好。

介紹室友的句子（가）是第一句，再次提到室友馬克的（나）是第二句。然後更詳細介紹馬克的句子（라）是第三句，整理自己感受的句子（다）「마이클처럼 친구가 많았으면 좋겠다（要是我能像馬克一樣有很多朋友就好了）」是第四句。因此正確答為③。

58

（가）那個地方是韓國拌飯有名的城市。

（나）我上週末跟朋友一起去那邊旅行。

（다）拌飯是在飯上面擺上蔬菜，倒入辣椒醬製成的餐點。

（라）不過，對健康好，也很美味，所以很受外國人歡迎。

有時間表現「지난 주말～」的句子（나）是第一句，使用指示代名詞「그곳」的句子（가）是第二句。仔細介紹（가）提及的拌飯的句子（다）是第三句，最後一句（라）整理了大家對拌飯的反應。因此正確答案為②。

我在老家時，因為母親總是做飯給我吃，所以我從未做過飯。（㉠）我母親做飯時經常聽廣播。（㉡）不過去年我來韓國留學，開始獨自生活。（㉢）所以我現在都自己親手做飯。（㉣）

請選出句子適合填入㉠的位置。
有時候不想做飯時，會像母親一樣邊聽廣播邊做菜。

短文在說明透過韓國留學生活有什麼事情變得不一樣。留學前雖然受到母親幫助（洗衣、打掃、做飯等），但是現在都自己來。題目給的句子是在描述生活產生變化後的模樣，因此適合填入（㉣）的位置，正確答案為④。

請選出與這篇文章內容相符的選項。
①我如果打掃整潔跟洗衣服心情就會很好。
②我在老家的時候曾下過一次廚。
③我來韓國之前經常幫忙母親打下手。
④我喜歡像母親一樣邊聽音樂邊做料理。

並非打掃跟洗衣服讓心情變好，而是像母親一樣邊聽音樂邊做飯的時候心情會變好。因為話者在老家的時候不曾做過飯，對母親的事情不感興趣，所以可以知道話者完全沒有幫忙。正確答案為④。

我上週跟男朋友一起去濟州島。濟州島是韓國知名觀光景點。我們旅行途中，在特別的店裡體驗到有趣的事情。那間店如果把手機拍攝的照片給他們，他們就會幫客人印製在杯子上。我們給今天留念，各自做了一個杯子。然後約定好每天早上用相同的杯子喝咖啡。

61 選出適合填入㉠的選項。
①因為記住　　②即使記住
③因為記住　　④想要記住

㉠應該填入為了打造回憶，各自做了一個杯子的內容。㉠處需要使用表示做某行為之意圖或目的的「－(으)려고」等表現。因此正確答案為④。

62 請選出與這篇文章內容相符的選項。
①我做了杯子送給男朋友。
②用在濟州島拍的照片做成杯子。
③我們決定每天早上碰面一起喝咖啡。
④我們想給濟州島之旅留念，所以做了杯子。

兩人一起旅行，體驗了有趣的事情。他們約好各自擁有印製他們拍攝的照片在上面的杯子，每當用它來喝咖啡的時候就要想念彼此。所以正確答案為④。

63~64

寄件人	korean@hanguk.edu
收件人	paxinana@hanguk.edu; kartosika@hanguk.edu; perppermint@hanguk.edu
主旨	各位同學好

各位同學，感謝你們申請「一起遊覽首爾」。
「一起遊覽首爾」將會在五月份每周六遊覽首爾。這周六要去景福宮。早上10 點出發，下午 3 點返校。報名參加的同學請於出發前 30 分鐘至韓國大學正門口集合。因為會走很多路，請同學穿好走的鞋子來。那麼周六見。

韓國大學學生會

63 請選出為何學生會會寫這封電子郵件的正確描述。
①打算企劃「一起遊覽首爾」。
②確認要一同參加「一起遊覽首爾」的人。
③想收到「一起遊覽首爾」的申請。
④介紹「一起遊覽首爾」的時間跟地點。

這是一封介紹「一起遊覽首爾」的電子郵件。是要向「一起遊覽首爾」的報名者介紹這周六要去的場所、集合地點跟時間。因此正確答案為④。

64 請選出與這篇文章內容相符的選項。

①報名的人須十點半前集合。

②每一個報名的人活動當天都必須穿運動鞋。

③報名的人在學校大門集合後一起出發。

④報名的人五月每週六都會去景福宮。

報名者只要在早上九點半之前到正門口集合即可。這周六要去景福宮，因為必須走很多路，建議大家穿舒適的鞋子。大家會在正門口集合一起出發，因此正確答案為③。

65～66 五月是家庭月。下週六將在首爾公園舉辦可以跟家人一起欣賞的幸福分享演唱會。這場演唱會的時間是下午 5 點到晚上 8 點，免費入場。約有 10 組歌手參與演出，從老歌到最近的流行歌曲，準備了多樣化的曲目。如果跟家人一同前往，還可以拿到一份小禮物。

---

65 選出適合填入㉠的選項。

①也可以準備 　②想要準備

③已經準備好 　④曾經準備過

透過「옛날 노래부터 최근 유행하는 노래까지 다양한 노래」可以得知他們準備了各式各樣的歌曲。因此適合填入㉠的選項為③。

---

66 請選出與這篇文章內容相符的選項。

①幸福分享演唱會可以免費欣賞。

②如果去聽這場演唱會，可以唱到多樣化的歌曲。

③如果要去聽這場演唱會，必須帶小禮物過去。

④如果沒有跟家人一起去，就不能進去聽這場演唱會。

如果去參加這場演唱會，可以聽到各式各樣的歌曲。如果跟家人一起去，還可以獲得小禮物。此外，透過「돈을 받지 않습니다」可以得知，這場演唱會是免費的。因此正確答案為①。

67～68 去旅行時會需要很多東西。各種物品如果沒有整理就放進去，之後就會很難找東西，也沒辦法擺放太多。所以整理行李時，把相似物品分類在一起會比較好。如果把相似物品裝在小包包裡面然後再放到行李箱裡，就會很好整理。此外，最好也要把在旅遊地點購買商品的擺放位置也考慮進去。

67　選出適合填入㉠的選項。
①分類後
②想分類的話
③分類或
④一邊分類

如果仔細閱讀㉠後面的句子，就可以知道這段文章在描述假如把東西分類整理在小包包裡，然後再放進行李箱，整理起來就會很輕鬆。先用小包包把相似的東西整理在一起，接著再把小包包放進行李箱裡。這裡必須使用依照行為時間順序連結句子的文法「-아／어서」。因此適合填入㉠的選項為①。

68　請選出與這篇文章內容相符的選項。
①去旅行，會買很多小包包。
②如果小包包很多，東西會很難找。
③旅行時，必須要帶很多東西。
④把相同種類的東西收集在一起再放進行李箱會比較好。

打包旅行的行李時，要把相似的物品先分類好。接著再把分類好的小包包放進行李箱。「비슷한 물건끼리」跟「같은 종류의 물건」是相似表現，因此正確答案為④。

69～70　我有一位想見的朋友。我們小時候常常在運動場跑步，我們跑步後，經常會吃學校前商店賣的冰淇淋。然後我們還會好玩的互相稱呼對方自己的名字。不過現在見不到那位朋友了，朋友兩年前去了別的國家生活。我明年要去見那位朋友。

69　選出適合填入㉠的選項。
①討厭見到他
②好像要跟他見面
③無法跟他見面
④曾跟他見過面

仔細看㉠後面的句子，提到了朋友兩年前就到其他國家生活了。所以可以得知，他現在無法跟朋友見面。因此適合填入㉠的選項為③。

70　請選出與這篇文章內容相符的選項。
①我要去見小時候要好的朋友。
②我在運動場跑步做運動。
③我小時候的名字跟現在的名字不一樣。
④我想起朋友，所以不常吃冰淇淋。

這篇文章在描述話者小時候的朋友。從「我」跟朋友小時候一起跑步、吃冰淇淋、一起互相稱呼對方自己的名字等內容可以得知，兩人是「친한 친구（要好的朋友）」。此外，最後一句話裡提到話者明年要去見朋友。由此可知，話者會去見朋友。因此正確答案為①。

한국어능력시험
TOPIK I
듣기, 읽기

성명 (Name)	한국어 (Korean)	
	영어 (English)	

수험번호

7

(answer bubble grid 0–9 columns)

※결시자의 영어 성명 및 수험번호 기재 후 표기

결시
확인란 ○

※답안지 표기 방법(Marking examples)

바른 방법(Correct) ●

바르지 못한 방법(Incorrect) ⊙ ⊗ ◐ ○

※위 사항을 지키지 않아 발생하는 불이익은 응시자에게 있습니다.

감독관
확 인 | ※ 결시자 수험번호 표기가 본인 및 수험번호 표기가 정확한지 확인 (인)

번호	답 란
1	① ② ③ ④
2	① ② ③ ④
3	① ② ③ ④
4	① ② ③ ④
5	① ② ③ ④
6	① ② ③ ④
7	① ② ③ ④
8	① ② ③ ④
9	① ② ③ ④
10	① ② ③ ④
11	① ② ③ ④
12	① ② ③ ④
13	① ② ③ ④
14	① ② ③ ④
15	① ② ③ ④
16	① ② ③ ④
17	① ② ③ ④
18	① ② ③ ④
19	① ② ③ ④
20	① ② ③ ④

번호	답 란
21	① ② ③ ④
22	① ② ③ ④
23	① ② ③ ④
24	① ② ③ ④
25	① ② ③ ④
26	① ② ③ ④
27	① ② ③ ④
28	① ② ③ ④
29	① ② ③ ④
30	① ② ③ ④
31	① ② ③ ④
32	① ② ③ ④
33	① ② ③ ④
34	① ② ③ ④
35	① ② ③ ④
36	① ② ③ ④
37	① ② ③ ④
38	① ② ③ ④
39	① ② ③ ④
40	① ② ③ ④

번호	답 란
41	① ② ③ ④
42	① ② ③ ④
43	① ② ③ ④
44	① ② ③ ④
45	① ② ③ ④
46	① ② ③ ④
47	① ② ③ ④
48	① ② ③ ④
49	① ② ③ ④
50	① ② ③ ④
51	① ② ③ ④
52	① ② ③ ④
53	① ② ③ ④
54	① ② ③ ④
55	① ② ③ ④
56	① ② ③ ④
57	① ② ③ ④
58	① ② ③ ④
59	① ② ③ ④
60	① ② ③ ④

번호	답 란
61	① ② ③ ④
62	① ② ③ ④
63	① ② ③ ④
64	① ② ③ ④
65	① ② ③ ④
66	① ② ③ ④
67	① ② ③ ④
68	① ② ③ ④
69	① ② ③ ④
70	① ② ③ ④

한국어능력시험 TOPIK I

듣기, 읽기

성 명 (Name)	한 국 어 (Korean)	
	영 어 (English)	

수 험 번 호

(수험번호 마킹 칸 0~9)

※ 결 시 확인란	결시자의 영어 성명 및 수험번호 기재 후 표기
	○

※ 답안지 표기 방법(Marking examples)	
바른 방법(Correct)	바르지 못한 방법(Incorrect)
●	⊘ · ⊗

※ 위 사항을 지키지 않아 발생하는 불이익은 응시자에게 있습니다.

감독관 확 인	본인 및 수험번호 표기가 정확한지 확인	(인)

번호	답란
1	① ② ③ ④
2	① ② ③ ④
3	① ② ③ ④
4	① ② ③ ④
5	① ② ③ ④
6	① ② ③ ④
7	① ② ③ ④
8	① ② ③ ④
9	① ② ③ ④
10	① ② ③ ④
11	① ② ③ ④
12	① ② ③ ④
13	① ② ③ ④
14	① ② ③ ④
15	① ② ③ ④
16	① ② ③ ④
17	① ② ③ ④
18	① ② ③ ④
19	① ② ③ ④
20	① ② ③ ④

번호	답란
21	① ② ③ ④
22	① ② ③ ④
23	① ② ③ ④
24	① ② ③ ④
25	① ② ③ ④
26	① ② ③ ④
27	① ② ③ ④
28	① ② ③ ④
29	① ② ③ ④
30	① ② ③ ④
31	① ② ③ ④
32	① ② ③ ④
33	① ② ③ ④
34	① ② ③ ④
35	① ② ③ ④
36	① ② ③ ④
37	① ② ③ ④
38	① ② ③ ④
39	① ② ③ ④
40	① ② ③ ④

번호	답란
41	① ② ③ ④
42	① ② ③ ④
43	① ② ③ ④
44	① ② ③ ④
45	① ② ③ ④
46	① ② ③ ④
47	① ② ③ ④
48	① ② ③ ④
49	① ② ③ ④
50	① ② ③ ④
51	① ② ③ ④
52	① ② ③ ④
53	① ② ③ ④
54	① ② ③ ④
55	① ② ③ ④
56	① ② ③ ④
57	① ② ③ ④
58	① ② ③ ④
59	① ② ③ ④
60	① ② ③ ④

번호	답란
61	① ② ③ ④
62	① ② ③ ④
63	① ② ③ ④
64	① ② ③ ④
65	① ② ③ ④
66	① ② ③ ④
67	① ② ③ ④
68	① ② ③ ④
69	① ② ③ ④
70	① ② ③ ④

한국어능력시험
TOPIK I
듣기, 읽기

성명 (Name)	한국어 (Korean)
	영어 (English)

수 험 번 호

7

※ 결시자의 영어 성명 및 수험번호 기재 후 표기

결시 확인란

※ 답안지 표기 방법(Marking examples)

바른 방법(Correct) ●

바르지 못한 방법(Incorrect) ⊗ ⊙ ⊘ ◑ ○

※ 위 사항을 지키지 않아 발생하는 불이익은 응시자에게 있습니다.

바른 방법(Correct) ●

※ 감독관 확인 | 본인 및 수험번호 표기가 정확한지 확인 (인)

문번	답 란
1	① ② ③ ④
2	① ② ③ ④
3	① ② ③ ④
4	① ② ③ ④
5	① ② ③ ④
6	① ② ③ ④
7	① ② ③ ④
8	① ② ③ ④
9	① ② ③ ④
10	① ② ③ ④
11	① ② ③ ④
12	① ② ③ ④
13	① ② ③ ④
14	① ② ③ ④
15	① ② ③ ④
16	① ② ③ ④
17	① ② ③ ④
18	① ② ③ ④
19	① ② ③ ④
20	① ② ③ ④

문번	답 란
21	① ② ③ ④
22	① ② ③ ④
23	① ② ③ ④
24	① ② ③ ④
25	① ② ③ ④
26	① ② ③ ④
27	① ② ③ ④
28	① ② ③ ④
29	① ② ③ ④
30	① ② ③ ④
31	① ② ③ ④
32	① ② ③ ④
33	① ② ③ ④
34	① ② ③ ④
35	① ② ③ ④
36	① ② ③ ④
37	① ② ③ ④
38	① ② ③ ④
39	① ② ③ ④
40	① ② ③ ④

문번	답 란
41	① ② ③ ④
42	① ② ③ ④
43	① ② ③ ④
44	① ② ③ ④
45	① ② ③ ④
46	① ② ③ ④
47	① ② ③ ④
48	① ② ③ ④
49	① ② ③ ④
50	① ② ③ ④
51	① ② ③ ④
52	① ② ③ ④
53	① ② ③ ④
54	① ② ③ ④
55	① ② ③ ④
56	① ② ③ ④
57	① ② ③ ④
58	① ② ③ ④
59	① ② ③ ④
60	① ② ③ ④

문번	답 란
61	① ② ③ ④
62	① ② ③ ④
63	① ② ③ ④
64	① ② ③ ④
65	① ② ③ ④
66	① ② ③ ④
67	① ② ③ ④
68	① ② ③ ④
69	① ② ③ ④
70	① ② ③ ④

最豐富的韓語自學、教學教材
跟著國際學村走就對了！

作者／吳承恩
★ QR 碼行動學習版

作者／權容璿
★ QR 碼行動學習版＋ MP3

作者／吳承恩
★ QR 碼行動學習版

作者／吳承恩
★ QR 碼行動學習版

作者／安辰明、李炅雅、韓厚英
★ QR 碼行動學習版

作者／安辰明、閔珍英
★ QR 碼行動學習版

作者／吳承恩
☆ QR 碼行動學習版

作者／吳承恩
★ QR 碼行動學習版

作者／吳美南、金源卿
★附 QR 碼線上音檔

最專業的韓語學習書

韓語學習者必備用書，最專業、最完善的學習教材

作者／今井久美雄

作者／李昌圭、黃種德

作者／ LEE YO CHIEH
★附 MP3

作者／ The Calling
★附 QR 碼下載音檔

作者／潘慶溢
★附 QR 碼下載音檔

作者／安鏞埈
★附全書羅馬拼音＋影音 QR 碼

作者／吳玉嬌、韓曉
★附 QR 碼下載音檔

作者／李禎妮
★附 QR 碼下載音檔

作者／姜炫和、李炫、南信惠
張彩潾、洪妍定、金江姬

台灣廣廈 國際出版集團
Taiwan Mansion International Group

國家圖書館出版品預行編目（CIP）資料

NEW TOPIK新韓檢初級應考祕笈/金勛, 金承玉, 金惠民, 申仁煥, 崔恩玉 著.
-- 1版. -- 新北市：國際學村出版社, 2024.07
　面；　公分
ISBN 978-986-454-355-7(平裝)

1.CST: 韓語 2.CST: 能力測驗

803.289　　　　　　　　　　　　　　　　　　113005753

 國際學村

NEW TOPIK新韓檢初級應考祕笈

作　　　者／金勛、金承玉、金惠民、　編輯中心編輯長／伍峻宏
　　　　　　　申仁煥、崔恩玉　　　　　編輯／邱麗儒
譯　　　者／認真　　　　　　　　　　封面設計／林珈仔・內頁排版／菩薩蠻數位文化有限公司
　　　　　　　　　　　　　　　　　　　製版・印刷・裝訂／東豪・弼聖・秉承

行企研發中心總監／陳冠蒨　　　　　線上學習中心總監／陳冠蒨
媒體公關組／陳柔彣　　　　　　　　數位營運組／顏佑婷
綜合業務組／何欣穎　　　　　　　　企製開發組／江季珊、張哲剛

發　行　人／江媛珍
法 律 顧 問／第一國際法律事務所 余淑杏律師・北辰著作權事務所 蕭雄淋律師
出　　　版／國際學村
發　　　行／台灣廣廈有聲圖書有限公司
　　　　　　　地址：新北市235中和區中山路二段359巷7號2樓
　　　　　　　電話：（886）2-2225-5777・傳真：（886）2-2225-8052
讀者服務信箱／cs@booknews.com.tw

代理印務・全球總經銷／知遠文化事業有限公司
　　　　　　　地址：新北市222深坑區北深路三段155巷25號5樓
　　　　　　　電話：（886）2-2664-8800・傳真：（886）2-2664-8801
郵 政 劃 撥／劃撥帳號：18836722
　　　　　　　劃撥戶名：知遠文化事業有限公司（※單次購書金額未達1000元，請另付70元郵資。）

■ 出版日期：2024年07月　　　　ISBN：978-986-454-355-7
　　　　　　　　　　　　　　　版權所有，未經同意不得重製、轉載、翻印。